JN069633

藤田博著作集

第一巻　全詩集Ⅰ

第一詩集『並木　クララの幻影』
第二詩集『冬の動物園』
第三詩集『アンリ　ルソーよ』

コールサック社

藤田博著作集　第一巻　全詩集Ⅰ　目次

第一詩集　並木　クララの幻影　（一九八〇年）

第二詩集　冬の動物園　（一九八四年）

冬の動物園　Ⅰ　'70・12・28　遊亀公園動物園にて

遺伝と反逆　'71・4・9〜'71・10・23　栗林公園動物園にて

冬の動物園　Ⅱ

'71・12・23〜'72・8・8　遊亀公園動物園　京都市立動物園にて

冬の動物園　Ⅲ

'73・11・26〜'75・1・27　遊亀公園動物園　京都市立動物園にて

第三詩集　アンリ　ルソーよ　（二〇〇六年）

アンリ　ルソーよ

夢

藤田博著作集

第一巻

全詩集Ⅰ

並木

クララの幻影　（一九八〇年）

蝶への懺悔

菜の花畑で足をとられ
蓮華草の叢に追われ
傷つき　手折られた蝶の不幸が
私に還ってくる
少年の魂の
かすかな絶望の駆け出しの中で
捕虫網に光った蝶という名の絶望の駆け出しに
今　私は追われ　傷つき　手折られる
運命は　まるで

その　放尿のように無惨で他愛ない
殺戮の中にはじまっていたのではなかったか
春の日に　やがて
菜の花畑や蓮華草は　まぶしく輝き
秘められた数限りない生命《いのち》あるものは　息吹き
そこに　ふたたび
幸福な蝶は舞い来ることを信じ
手を組み合わせ
私は　紫斑の雨降る空洞に満ちた懺悔の道を
ひとり　静かに　太陽に向かって歩いていく

橋

見知らぬ
死や死者の
無言をぶらさ
げて私は今日も
橋の上を歩いてい
た。それが私のとりとめの
ない宿命の日課であるよう
に橋はその背で私
の存在の暗い血

肉の重量を耐
えている。
あるいは
骨の……
私は中途で
立ち止まり欄
干にぼんやりす
る。河は下を低く
流れている。視線が橋桁の
水垢に汚れた太い石の支柱
を凝視《みつ》める。支柱
——それは地平
に呼応するた
め対岸から
対岸へと

群れをな
す象の定《き》ま
りよい足拍子
に見えた。がす
ぐに風景は凝結し
飛沫となり泡のように壊《くだ》け
ながら混濁の河の流れに消
えていく。そのま
ま私は瞳を閉じ
る。閉ざされ
た瞳の中で
は淡い水
藻のよう
なものが河
底の石ころに

反射してきらっ
と緑色に光ってい
る。それはいったい何だっ
たのか。あれはいつから私
の心の奥底に置き
去りにされたま
まなのか。揺
れる水藻―
―瞳を開
け私は黙
って歩き出
す。橋もつら
れて歩き出す。
想う。橋はその背
で今も私の陰惨な肉欲の重

量に耐えているのかと。午
後の明るい陽射を
浴び女の腹部《はら》の
ようななつか
しく不吉な
丸みを前
方に横た
えている。
そして私の与
えるものといえ
ば日々の底冷えす
る生の快楽と死や死者への
ぶざまな無言であろうとも
おまえは私に何か
を語り続けてく

れるだろう。
私もおまえ
を語り止
めはしな
い。私は今
日も橋の上を
彷徨っている。

隕石に寄せて

隕石は昼落ちなかった
それは
闇深い夜の不安の心に
窓辺から降りしきった
電光が
かすかに心臓をびくつかせ
私はせつなくなって起き上った
陽射しの少ない冬の一日の中で

夜が
白い吐息が電燈に吹かれ
煙草のけむりの舞う
部屋の夜が
深く私を待っている
それでも　昼に
人気ない宮社《ぐうしゃ》の石畳を彷徨い
花の咲かない街路を歩くとき
私は死のことなど思わなかった

思うのは
別れた女《ひと》のことや
下宿の古びた扉
雲間に見える青空や
消えそうな冬の陽に

私の生の疲れを垣間見た

生きることが
生きていることが
小鳥のように舞っているのは
昼だ
それは
無言に　頼りない

昼が闇を増す

冷え切った午後が夕暮に過ぎ

晩鐘が私に不吉な時を打つ

そのとき

隕石は大気に重く翳ってくる

見えない隕石の重さは
見えない闇の重さに過ぎなく
やがて　気まぐれな宇宙からの落下が
正《まさ》しく闇を明るく照らそうとも
しかし　突き破る隕石は

私の頭に
永却に落ちてきはしなかっただろう

灰が
頬をちょっぴり汚したのだ
はらり　と……

だから　私は夢見る
瞼に熱くこみあげる
涙のためにも
隕石は昼落ちなかった　と
それは
闇深い夜の不安の心に
窓辺から降りしきった
電光が

かすかに心臓をびくつかせ
私はせつなくなって起き上った

春に向かって

生は何処にいったのか
僕の矮少な偽りに満ちた認識の中で
造花類のように
錆び　汚れ　色褪せていた都市にも
交差点や裏街の角から
春の息吹きは迫っていた
鉄塔《タワー》や
吊り上げられた巨大な窓を見上げ
廻転する標識やサインの群れ

点滅する信号を
流れやまないそれらの
意志や
意志のない運動の中で
まず
往来する人々の顔を美しいと思った
僕は
微笑むようにひきつり
驚いたのだ
この
都市の今に
あるいは
疎らな並木を越えて
僕の一瞥の中に
はっきりと呼吸する

ゆるやかな未来に……
そして
ぼくは
いったい何であったのであろう　と
僕は青春の真只中で
何を見据えてきたのだろう　と
さむい獣に過ぎなかった
季節など知らなかった
春など気づかなかった
厖大な個が
感受性の繁みの中でのたうつ間に
あっと叫ぶ間にも
風や
雨や
太陽は

冷たく僕の頬を濡らし
苦いしみを残して過ぎ去っていたのだ
僕は
めぐりやまぬ季節の中で
不在の虜になり
冷汗するだけだった
それは
氷河の上に
裸足で立つ少年の
うしろめたさにも似た
つめたさであった
季節が変貌する
苦悶に満ちた私を飛び超えていく
悔恨の数々が飛沫をあげ
訣別の闇の中に消えていく

僕は
あらゆる土壌や大気の上に立ち
捉える
という気持を忘れていた
春は
ゆんわりとあたたかく
やさしく
大地のわななきは
僕の心のわななきになり
街の
ちょっとしたかなしさや
うれしさの類《たぐい》を
風に乗せて
遠ざけたり
近づけたりする

ふくらみかけるベンチ
安らぎに満ちた
言葉の花粉たち……
ああ
僕は
都市に浮かれる
言い知れぬ
春に向かって浮かれる
また
僕の魂の限りない
希望への
雪解けに向かって

並木

クララの幻影

微風《そよかぜ》のクララよ
種は撒いたか
そのおまえの芽吹く土壌が
人通りの少い
高架沿いの
小石の転がる寂しい一隅であっても
嘆いてはいけぬ

〈種は発芽する〉

若芽のクララよ
根はしっかり生え揃ったか
そのゆるぎなく大地を揺するための
可愛い繊毛の前掛《エプロン》を
おまえの
貪り止まぬ意志の管脈に
そっと附け終ったか

光あふれるクララよ
もっと芽吹け！
さあ　もっと蜜と花粉とを
力強く空に撒きあげろ！

その祝祭に満ちた円舞から
生み落とされた
薄幸というクララをも
十分に大地に支えるため……
また　激情というクララの
波瀾に彩られた生涯の
発火として
眩く土壌の産湯に
揚げ雲雀の真鮮《あた》らしい一聲《ひとこえ》を
活《いか》するために……

〈クララは脱皮する〉

若樹のクララよ
おまえの葉叢は
乳歯のように生え揃う
おまえの小枝は
あたり一面に伸び上る
永久歯の樹幹《みき》は
おまえの存在を暗く遮る
高架沿いの
高く灰色の塀壁《かべ》を跳ね上る
突き破る
大空へ一気に
突き破る

そのとき
眼前に展《ひら》けた

かがやく野菜畑――
手前に聳える教会の
ややくすんだ赤い尖塔と
おまえは
はじめて
驚愕《おどろき》にみちた
呼応の一瞥を囁き交すのだ

呼応
その呼応の一瞬《ひととき》
おそらく……
ああ
頬を伝う微風《そよかぜ》のクララよ
やさしく
微笑みを含んだ少女のクララが

あの翳り濃い
夥しい並木のクララに
はぐくみ育ったのだ

朽ちた枕木の
遠く地平へと霞む
高架伝いを
並木のクララよ
このまま
整然と立っているがいい

おまえの追憶は　ときに
塀壁《かべ》を
雨垂れのように
涙の汚点《しみ》に濡らし過ぎても

おまえの傍——
やはり
ひとり　世界にぽつんと突っ立った
蝸牛の午睡《ひるね》のように大人しげな
道標にも
たまには
愛を語りかけろ

繰り返し光は失われる
果てしない暗黒の連る
剣崖の夜々《よる》にも

野菜畑の向こう
酷暑に腐蝕した大気の水盤を
思い切りめくりあげたような

台風一過の
あのすがすがしくも慵《けだる》い
群青の一日にも
並木のクララよ
このまま
整然と立ち続けているがいい

やがて
幾度《いくたび》か訪れる
深い闇と光の振子に擦り切れ
すべてが
厳粛な混沌に吹きちぎられる
そのときには
並木のクララよ
整然と立ち去るがいい

消えゆくがいい

混沌は
ま創しい微風《そよかぜ》へと闘いながら
かすかな熱さえ腹に帯び
この
無形《むぎょう》無辺《むへん》な世界の一隅を
街角を
高原を
畔伝いを
海沿いを
にぎやかに浮遊し
詠《うた》い止まないだろう

そして　午に

もっとやさしげな未来の人——
たとえば
藤田博という
並木を愛する
別な男に巡り会い
おまえの
深い聖霊の聲を囁くとき……

彼は
ちょっと照れて　応えるだろう
微風《そよかぜ》のクララよ
種は撒いたか　と
そのおまえの芽吹く土壌が
人通りの少い
高架沿いの

小石の転がる寂しい一隅であっても
嘆いてはならぬ　と

クララよ
その可憐な名前は
いまも
僕の魂にひそかに息づいて
永遠に生き続けようとする
あの
並木の翳りのことなのだ

不滅の大気に

わが生の死して後も　わが魂よ　すこやかであれ
再生に融合された不滅の大気の中に
ときに　百合花《ゆりばな》のように香り高い芯を匂わせ
胸苦しい熱風を恋人達に送り……

ときに　何気なく静謐《しずけさ》の裡に夕暮れ
蔓草の絡むさびしい裏壁を彷徨い
星降る屋根の晩鐘を秘めやかに響かせると
凍える頬で　病人の窓や野辺の寂寥を過ぎていく

未来により崇《たか》い運命の豫覚を捧げるため
四季豹変の恩愛に転び　限りない遊戯に満ち
きっと春に　少女の耳たぶの奥深く
やさしい微風《そよかぜ》の慄きをも繰り返すだろう

あとがき

あらゆる悲嘆をも
無垢に返すことの
祈りのために
詩は
担われている

昭和五十五年十月

博

冬の動物園

（一九八四年）

冬の動物園 Ⅰ

'70・12・28　遊亀公園動物園にて

入園

幼児《おさなご》のように
青いチョコレートを握りしめて
ときおり銀紙の匂いから
列車の車輪の響すら迫ってくるのだ
最終駅ホームに立つと
改札口に河馬のお尻が見える

赤毛猿

鉄檻の中で
私は揺れるのだという
鋼鉄のブランコの
あのやさしかったはしゃぎも
何処にいったのか
いまは
この無機物の性格は真青だ
鉄檻の中で
赤毛猿はねだる

観客の指を　しなう手を
しまいには
吹雪の荒れる中に
観客めの臓物をねだる世代が
やってくる

アシカ

アシカが魚をねだる姿勢は
あの豊満な海の感情すら
意地汚なく抱き込んでしまう

鶩鳥とアヒル

こいつらだけが
動物園に入ったことを
感謝している奴等なのだろうか
この正当めいた罵声の意味……
こいつらの騒がしいやりとりは
まるで
いくら解いても解き切れぬ
無限大に向かう関数だ

烏

烏の垂らす白い糞は
この烏独得の嫌味すら洗い流す
夕暮……
整然とした埃臭い道を行く
少年の孤独な魂すら
握っている

きつね

きつねの強い体臭は
ある頑強なまでの
暗い逃避をうかがっている

鹿

鹿が匂うのだ
突つかれても
弾かれても
泥塗《まみ》れになっても
鹿は
自らのやさしさを恐れない
ときおり
桶の残飯から
鼻をつまむような怠惰が

街に流れるとき
この寒天の
真昼間の劇場に
鹿は外気を呪う

縞馬

剝製になってしまった縞馬は
悪戯《いたずら》な剝製師のために
アフリカに向けて
駆け出す格好をとらされている

白熊

いっそアザラシの奴に
食い殺されたいと願っていた
もう
美味なアザラシの血肉のことも
うとうとと忘れかけて
むやみに蜜柑をほうり投げる
この無知な娘の尻に
いまは
ゆっくりとしかれてみたい
と願っている

駱駝

駱駝は
感傷の起重機を背負っている
夜毎
土の中に溶け込んだ感傷は
朝になると
見違える程新鮮に掘り起こされている
来る日も
来る日も
駱駝は

程良く錆びた
感傷の起重機を背負って
せっせと生き延びている

遺伝と反逆

'71・4・9〜'71・10・23　栗林公園動物園にて

犬——愛犬ピーに

犬は都市を呪う
都市を囲む
城壁のような巨きな実体を呪う
ごろつきも
ふさふさも
フライパンのような奴も
置時計のような奴も
せつなく呪っている
太古以来の

根の生えた反逆の掟を
クレーンのように都市に見据え
きわどいぎりぎりの防御の為に
青白い瞳が燃えている

日毎盛り上る都市の
聳え立つ威容――
彼等の千万の鎖は
冷ややかな都市の
その遥かな逆光を浴びて
そのまま
楔のように重たくぶら下り
溢れる程緻密に切り裂かれた
立体交差に
狭まりゆく造形空間の

胸苦しさは
そのまま
ぐっしょり
彼等の内臓をねじり上げる
犬はもうのがさない
昼下りのビルの
夕暮間近の雑踏の
ちょっと汗ばむ時刻さえついて
そこにひしめく形骸の
一瞬のひるみも許さず
あらゆる方角から
呪いの爪を伸ばし
牙を剝き　瞳を光らせ
遠く
都市の疲れたうなじは

ふいに
腫れ上った鋭い剣歯の投影に
血管もろとも
ズブッと食い干切られる

ただ黙って小屋などに坐って
飽くこともなく
飽くこともせず
ひたすら業火の炎の如く
振り下すハンマーの
力強い一振りの如く
きわどいぎりぎりの防御の為に
やさしく
青白い瞳を輝かせ
いまも

都市を呪う犬
都市を囲む
城壁のような巨きな実体を
もう呪い止めないという
犬――

虎

I

虎は
かつて
巨きな密林を支配したことに
せつなくなっている
夜毎　濡れた檻床《ゆか》に坐ると
灰色の瞳を輝かせ
虎は
追憶のチューブにもぐりこむ
彼はそこで

寂しく夢見るのだ
密林の
ざわめく黄金の日々の中で
ふいに
彼の太い胸元に
スプリングのように餌食が弾む
こうしていつも
黴臭いチューブの空洞で
追憶に
じっと汗塗《まみ》れになって
虎は
ひんやりする鉄格子の奥で
茫然と朝をむかえるのだ

Ⅱ

朝……
虎は
チューブの外に
浮き出た痛みのように
放り出される
痩せ細った体が
所在なくさわさわとざわめく
虎は
朝になるとげっそりするのだ
眼前の
さまざまな鉄格子の中に
揺らぐ

けたたましい鳥達……
首を垂れて
ひっそりとしている弱獣達……
の
なぜか呪いめき
腫れ上ったできものゝゝのような形相に
虎はもう
すっかり悩まされている

駱駝のらこぶ

一人の貧しいアラビア人が
血だらけになって殺された
らこぶは忘れはしなかった
その灼熱の砂漠の
震えあがる惨殺の光景を浴びて
らこぶの縮れた体毛は
そのまま
切り裂かれた傷口のように
鮮やかに焦げ

一人の貧しい主人の
くたばった投影が
そのまま
らこぶの額をぐしょ濡れにした

おとなしいらこぶは
やがて
炎天の市場で
ろくでなしの動物商に
擦れ布のように売られ
アラビアの海を越え
のどかな紅海に浮かび
遠く果てないインド洋を眺めながら
日本という国に
まるで

泥塗《まみ》れの玩具のように買われてきた

そのらこぶがここにいる
とぼけたアラビアのおじさんが
ポツンとこっちを向いている

、、、
らこぶ！……

見れば
唇が半分肉片となって裂け
ぶら下った肉の間から
だらだらと
桶の残り水などを
赤児のする
涎のように流している

愛想なく
他所見ばかりしている
ふいに
中年の観客が大声でからかう
別な所で
肩車の子供が
合わせたように
手をパチパチさせて笑う

らこぶは
ただ黙っている
らこぶは
ただ守り続けているのだ
高く仕切られた囲いの片隅に
半身

茫然と突っ立っている痩せた駱駝の
ポンプのような内臓に
一人の貧しく殺されていったアラビア人の
やるせない血が
いまも
果てしもなく熱く波打っているのだ

河馬の太助《たいすけ》

浴槽も
遠く
星のしたたりとやらに
吸い込まれていったのか

糞尿垂れ流しの藁くずの上で
おまえの時間が
くっきりと
汗の玉に乗る

まるで
水の足らないイボガエルだ
蝿が
一斉に群らがる

飼馬桶の中に
山と盛られた緑菜も
もう
軽く
異端の紙片のように堆《うずたか》く
そこに首を突っ込む
おまえの辛抱強い横顔が
重く
落日のように沈んでいく

囲われし形骸——あらゆる動物達の為に

囲われた檻の中で
むしろ
おまえ達の瞳が
遠く
何かを見据えようとしているから
恐いのだ
絶望するのでもなく
甘受するのでもなく
憔悴するのでもなく

僕達の知らない間に
歴史に深く食い込まれていく
おまえ達の
その無言が恐いのだ
静寂に紛れて刻む
アメーバの
辛抱強い軌跡のように
やがて
安心しきって
世界は沸騰し
渦巻き
泡立ち
僕達はふいに
底の無い
暗い谷間のような所に

背後から突き落とされ
宇宙深く折り重なって
沈んでいってしまうような
気がするのだ

遺伝――父に

父よ
昔
あなたの冷たい精子は
まるで
荒野に吠え叫ぶ
熱病の子象のように
おののき
怒り
震える

やるせない
球体のような神経突起を
得体の知れぬまま
僕の脳髄に遺伝《くだ》さった

日毎
膨みゆく
その球体の腹に抱かれて
僕は
赤児のように汚物を吐き出し
苦悩の果てに
僕なりの真実が開け
喜んだり
泣いてしまったり
やがて

放り出されたように疲れ果て
ぐっしょり
眠られぬ夜を眠った

父よ
あなたは知っていますか
今でも
あなたのために
僕がどんなに苦しんでいるか
自身よ
おまえは知っているか
僕のために
父がどんなに苦しんでいるか
すれ違うだけの
家鴨の親子のように

聞き出すこともなく
聞き出すこともせず
今日も
一日が
無言のうちに暮れていく

博《ひろむ》！
博《ひろむ》！
ただ
父の呼び叫ぶ声が
もう
青白い炎の燃える
空洞のような所から
響き合いながら聞こえてくる

白熊

歯車を見た
反逆の歯車を見た
きわどいぎりぎりの歯車を見た

夕暮間近の動物園の
びしょ濡れの檻の中に
首振る白熊——
その首振る白熊の
重く聳え立つうなじに

はっきりと
都市に変転する
出血する
生きるぎりぎりの歯車を
僕は見たのだ

閉園だ！
人盛りが
ざわめきながら
街の方に帰っていく

そして
僕は見たのだ
びしょ濡れの檻の中に
首振る白熊——

首振る
白熊は
なおも首振る
重く聳え立つうなじに
歯車が廻転する
はっきりと
それは
都市に変転する
出血する

そのとき
おお……
夕闇に紛れて
ぐしょ濡れた白熊の体が
ふいに

巨きく揺らいで
うなじから
真赤な血に染まったのだ

一瞬
夕暮の動物園の
遠ざかる人混みが
茫然と明るくなって
消えていく……

麒麟

汚い麒麟がいる
汚く肥えた麒麟がいる
へったりとしている
蹄は花片ひとひらなく罅割れ
都会の動物園の片隅に
かわいい女の子の描く
白い画用紙の中にきゃしゃな姿で埋まっている
首には
理由もなく
スミレの花輪が鮮やかに浮かんでいる

少女は無心に紫色の鉛筆をすべらせる

麒麟よ！

長い鉄条網は錆びつき
ぐるりの建築は伸び上るだけ伸び上り
おまえはその策謀の中に
まるでだぶだぶよれよれの道化《ピエロ》のようだ
また
ヌーボーとした体毛の
黒黄模様のずれ、も寂しく
尻尾よ
今こそ叩きつけるなら
アフリカの深い大地の重さで
囲われし不毛の床をぶちのめせ！

カナダ狼

檻の中に環《めぐ》る
おまえの
茫茫たる
疾走の軌跡は
カナダ地図の方円を描いて
びしょ濡れる
床に沁みる
何万回目の
しなやかな脚線の流れは

軽く
風靡の余韻を残して
世界は
何処に来ても
ややの高みから
都市の
干された方角を吊して
風だけが
強く吹き荒れてくる
肌の隙間や
僕達の
野性の毛をなびかせる
遠い……
おまえには
何もかも遠過ぎるのだ……

ふいに
古いレンガの一角が崩れ
棚の上の猟銃は一段と
静まりかえり
断崖は青白く叩かれても
大雪原に
ぽっかりと口を開いた
おまえの果てない逃亡の
尾垂れの形骸の上を
いまも
ペンペン草は
ゆったりとなびき
冬の山脈は
頂点の辺りで
切れんばかりの額を引き締めて

きゅうーと
白く聳えている

蛇食鷲

しなだれた路地裏の
通り雨のような蛇の風景を
おまえは啄んでいる
切り刻まれ
檻に抛られた蛇は
もう蛇ではなく
暗く
世界に区画された
蛇の風景に過ぎないのだ

明るい陽射の下——
褪せた彩りの
尾羽を折り曲げて
ミミズのように飲み込んだ
肉片が
おまえの胃袋の中で
また一つ
さびしい蛇の風景を描いて
遠く深く
神秘の青い川のように流れていく……

縞馬

坂の上――
賑わう雑踏にぶら下る
色褪せた陽傘のように
おまえの瞳に映る風景は
坂の上のあたりで
幻滅し
凍りついてしまったらしい
醒めた流れを落として
縞模様は

監獄の奥に
汚水のようにしたたる
今日も
明るい陽射の下
チューインガムが投げ込まれたり
風船が飛んできたり……
それでも
おまえはとっくに
泣かず飛ばずの面をして
よそよそしくそっけなく
やけに
ポカポカしてるじゃないか

海蛇——南紀の海岸で

何という名の鳥の影だろう
いやな匂いで
羽を毟られ
路上に墜ちている
孤空の翳りを落として
陽溜まりは
散弾のように燃えながら
鳥のまわりで笑い合っている
南紀の海は静かだ

人が群れている
世界は
銃身の閃きもない
そして
何という名の鳥の影だろう
いやな匂いで
羽を毟られ
路上に墜ちている
瞳はやさしく裂かれ
嘴は
半開きに遠くを見据えている
かつて
この鳥の潮に洗われ
なめらかな水尾《みお》の羽は
陽溜まりに煽られていったのか

砂浜に駆けていく
色彩《と》り彩《ど》りの娘等の
背は輝き
ああ
路上の高みから
ヌルヌルの体を焼いて
跡形もなく天に乾からびる
不思議な鳥……

冬の動物園　Ⅱ

'71・12・23～'72・8・8　遊亀公園動物園　京都市立動物園にて

アシカ

霊長類の青ざめた小腸の壁を破って
そんな小さな裂け目から覗く視野の
拡がりの向うに泡立つアシカのプー
ル……。一瞬アシカの冷たい肢体は
檻を透かして腑のようにさびしく水
面に浮かび上った。すぐに潜行しま
た伸び上る。絶え間ない遊泳は僕達
の痛んだ内臓を深く奔流する黒い弾
丸のように明晰な軌跡を描いて水に

洗われ何処かへ流れていく。黒い弾丸……ただ観客はその漆黒の弾丸の行方を茫然と眺める。片腹をやさしく摩りながら咳き込んで帰っていく。

冬のライオン

凍てついた寒気にそそり立つ
宙円の如き神秘な固体よ
静止や沈黙の彼岸の果てに
おまえの血肉は
極寒の切れる星座のように青醒めた
骨さえも幾何めいた図形を描いて
空に毅然と迫《せ》り出している
ああ
冬のライオン……

私は魂を慣れないコンパスと定木に置き換え
おまえの冷たい体に押し当ててみたが
吹き過ぎる風音に
すべてがむなしくちぎれ飛んでしまった

孔雀

禿げは異国になびいても禿げだ
禿げた冠よ
冷酷なまでの胸の緑よ
眼を真赤に泣き腫らし
冷たく
鉄格子に蒔かれた投餌をついばむ
一瞬
首の分銅がつんのめる
振子は揺れ

余韻はゆるやかに降下し
腹をまさぐる
尻《ヒップ》は軽やかだ
眼にとびこんだ意地悪そうな
蹴足《けあし》が
細い喉元をヒクヒクさせ
高みに禿げた冠——
廻り止まない蛇の目の混沌《カオス》……

眠るゴリラ

いま
青いこぶは眠る
すでに
炎のような意志は萎え
剛毛はびしょ濡れ
軽く組み合わされた手からは
一瞬　ぷんと
静謐な
薄荷のような香気さえ

跳ね返ってくる
ああ
この獣《けだもの》のまどろみに映るもの――
すべての荒《すさ》みや呪い……
葛藤の類《たぐい》は
何処に飛び去ったのか
牢獄の奥深く
時空のつるべは空白に撓み
虚無の滑車の響だけが
いつまでもだるく
分厚い肩に軋んでいる

チンパンジー

足を踏み入れると
いい
しんと
牢獄が静かになり
世界に霧雨《ミスト》はかかり
そこに
猿が煙り
頭蓋《こうべ》垂れ
前脚は撓み
その長くたわやかな釣橋は

空《くう》にのめり
後脚は断崖となり
身震《じろ》ぎ一つせず
鏡板《パネル》に這いつくばり
四肢は冷ややかに濡れそぼり
あたかも
不穏の祭典のように
霧雨《ミスト》に靡きながら
季節極寒の
あてどない彼岸へと
きりもみしている

猿園

どんよりと這いつくばり
あてどなく金切声をあげ
恐ろしく無言で
行列し
うごめき
幻想は軽くいなされ
灼熱の地図は踏みにじられ
魂はズタズタに引き裂かれ
火事のように燃え上り

干し鰺のように見開かれた瞳《め》よ
くすぶりつづける不穏な大地よ
不規則に交錯するブランコは
おどけて空に流れ
一瞬
たわやかな釣橋のように揺らめくと
霊長の病んだ触手を携えて
さむざむしく
空白へと解《ほど》けていく

冬の動物園　Ⅲ

’73・11・26〜’75・1・27　遊亀公園動物園　京都市立動物園にて

入園

極寒の季節——
世界は驟雨のように煙っている
大気はあてどなく灰色の気流に翻転し
その降りしきる煙霧の中に
獣舎のひとつひとつは
かなしみの小箱で前面に迫《せ》り出し
鉄格子の奥深く
青白く乾いた檻床《ゆか》の上には
血塗られた霊長類の脳味噌が瞳を開け

あるいは　抱き込むように追憶に眠っている
そうして私は……
限りない愛憐と激怒との
定まらぬ天秤の上に乗り
どの愛憐の小箱に見いり　立ち尽くし
どの激怒の檻床《ゆか》に
私のくらいかなしみの一切を埋ずめようと
しているのか
仰げば　いまも　天空はその片隅で
何処までもきびしい極寒の命脈を吐露し
そこからの冷気は間断なく頬を叩く
遠くではアシカの一吼え……
そのとき
ああ……孤り檻を彷徨い続ける私の胸に
寂寥めが

あの一瞬に凍りつくアシカのプールのような
素速さで息づき
醜悪にも嘴を尖らせ
内なる逃げ場のない死への領分を争いながら
ふかぶかと寒天の空に拡がっていく

麒麟

もう
可憐な顔も
可憐ではない
動物界の中で
私には
最も高雅に見えるその首も
高雅ではない
雪を待ち受けるような
暗雲の冷気の中

薄汚れて乾いた姿だけが見える
年老いてたるんだ皮膚が
内奥の肉塊が
まるで
いまだ黄金の死を催促するかのように
ぶざまな残生の翳りを湛えて
淀んでいる
あの突き出るような食肉獣の瞳が
そこにはないのだ
偉《おお》いなる戦いに敗走し
うまく逃げおおせた繊細な闘士のように
また
彼が永住の地と目する廃屋の
炉辺《ろばた》の暗い風景のように
陰湿な空気は畜舎を流れつづけ

青黒い霧となり
くすんだ縞模様を伝い
不断に縦横し
血脈を循環し
耳元をくすぐり
跳ね返すように
胸元をぐっしょり零落させている
ああ　そして
雪を待つ
この何というけなげな四肢の静謐《しずけ》さ……
宿命の闘争を忘れ果てたものの姿が
泥濘に
ゆうれいのように立ち尽くしている

ビーバー

おお　愛すべき道化師《ピエロ》よ
小人よ
自らの糞便で汚れた
冷たい檻床《ゆか》の上で
僕を見つけるなり
陽気に立芝居をする
笛を吹く
ラッパを鳴らす
アコーディオンを奏でる

ときどき
化かすように背を向ける
一切れのパンのためか
あるいは
底知れぬ逃走への執念のためか
寒天の舞台の上で
裸足で玉乗り
裸足で曲芸……

羆

戯れに遊び
ささやかな微睡《まどろみ》を得る
限られた空間の祝祭のため
極寒の季節
栗鼠に白樺の梢を折り裂いて
やりたいように
おまえには
床を叩いて
白樺の太い奴の幹を

ゴロンと切り倒してやりたいのだ

燃えたぎる脳漿を支える器のためには
洗面器より盥を
盥よりはどでかい浴室を
おまえの
呆けたその分厚い頭蓋に乗せ与えたいのだ

六畳敷の檻の中——
私は凝視《みつ》める
六畳敷のおまえという
ままごと遊びに沈んだ
　　　　矮小な実存らしきもの　を

それでも

六畳敷のおまえという
褐色の剛毛をたくわえた
　　　　　強大な意志らしきもの　も

そして
確かに私は
おまえに向かって侮蔑をほくそ笑み
〝獄死する羆の悲哀め〟という
罵言を浴びせつけ
こみあげる優越に満ちた
幻影の美酒を一時舐めつくすが

　　馬鹿め！

雪を待ち受ける

この暗々たる冷気に迫《せ》り出す
おまえのきつい体臭が
わが裡《うち》に潜《かく》れた獣たるへの近親を
激怒させ
貧しくも
檻の中ではなく
日々過ぎ
もし
わが裡《うち》の羆たるへの近親を
ふかく希求《もと》め
おまえに喘ぎ
燃焼させ尽くす日が来たなら
凍りつく北海道の原野で
再会だ

アシカ

私は忘れない
赤黒い肉片が
死湖《プール》のほとりを流浪《さすら》うのを

血の色に腐蝕した
赤黒い肉片は　踊り場から
頓狂に叫びをあげる間もなく
ジャンプ——
寸秒に泡立ち

死湖《プール》の水面に浮かび上り
またたくまに潜水し
一掃された青い飛沫《しぶき》の片隅で
また　きょとんとしたように首を上げ
遊泳しはじめている

逃げ場のない檻の中で
逃げ場のない肉の重量を支え
のたうち　ふるえ
ふくらみ　ほうけ
きびしくもりあがり……
瞬時
わが臓腑への
宿命の悲哀の一瞥のように
赤黒い肉片は

今日も
死湖《プール》のほとりを流浪《さすら》っていく

あいつは
撲殺されたのでもなく
絞殺されたのでもなく
撃ち抜かれたのでもなく
血の海にのめり込む

縞馬

縞模様の起点が鼻づらならば
そこに　冬の陽溜まりはあふれている
縞模様の終点が肛門ならば
それは　汚れた畜舎を背にしてふるえている

湧き上る思惟の血脈は
瞳から縞模様を伝い
背を奔流し　腹をめぐり……
刹那

緊張から解《ほど》けた空白の赤黒いうっ血が
尻を逆撫でし　背に滴る
腹を逆流し
血脈は
整然と
全身を環《めぐ》る

黙っている

戯れに
起点から終点までの帯を
ずるっとひっ剝がせば
それは　一声嘶き　やけに絡みつき
空に消える

あれは
億年を絶えず浮遊し　収縮し　拡散する
宇宙の蠕虫《ぜんちゅう》――
くらい神秘の溝渠《みぞ》のようだ

山椒魚

水槽が汗を垂らしている
単調な泡のリズムが
まやかしの生のリズムを唱っている
かっておまえの血脈を透いた
太陽と
星くずと
月光との
暗紫色の神秘の距離は脱落して
電燈の屈折の中

水槽の四隅の縁を
行き場もなく廻り続けている
肢体は水滴に濡れそぼち
尾は
凍えた外界に
かすかな忍従のくねりを叩きながら
しかし
静寂の頭蓋——
秘められたゆるやかな生存のフィラメントは
いまも　おそらく
不用意に死への傾斜は夢見はしないだろう
うっ積し　沈澱し
ときおり燐光のようにひらめき
しかも
一皮剝けば血の噴流……

そして
熟睡と目覚めの果てない谷間の中で
まろやかな肉片が
小刻みな黒い藻屑となって
水槽の悠久の広場に解き放たれ　揺動し
水垢に塗《まみ》れ　腐蝕し　どんより澱み
やがて
跡形もなく消えていく

インドジャッカル

四肢は地表を滑り
音もなく地面を叩き
間断なく動めき
行きつ　戻りつ
うっ屈の円弧はさわさわと床を環《めぐ》り
追随　交錯　秘めやかな先陣……
躍動は躍動に揉まれ
痙攣は痙攣に弾み
休みなく
全身を鞭のように唸らせている

豹

鉄格子の奥深く
ぼんやりと
薄汚れた卵黄のように浮かび出た頭蓋よ
振り返る私への突き出た一瞥が
私とおまえとの距離を
剣のようにきびしく波立たせている
沈潜した肉体——
静止は落日への仮託ではなく
時の腐蝕した鉄槌《ハンマー》に叩かれ

隠微な磔刑に耐えている
全身を苛む釘の引っ掻き傷を負うている
この夥しい
影絵の裏の小出血……
血は檻床《ゆか》に乾く間もなく
淡い塵埃となって冷風に紛れ
そうしておまえは　いまも
死ほどには傷ついていないのだ
ただ
しなやかな背中に忍従の小袋を担いで
領域の盲いた濡れ滴る糞尿を踏みしめ
音もなく投げ与えられた死肉を闘い
静止の姿勢で
生あたたかい血脈を希求《もと》めて
時折り

迫《せ》り出されたように
檻床《ゆか》を
その傷ついた臓腑の縁を
舌を腫らして廻《めぐ》り環《めぐ》っている

フラミンゴ

今——
僕が片脚で立つとき
遠くから生の不安が僕を迎えるように
彼女が片脚で立つとき
遠くから生の安堵が彼女を優しく包んで
迎えている

夜——
僕がさみしい翳りのように横たわることが

生の証しのように眠るとき
午——
彼女は明るくすっきりと立つことが
生の証しのように眠っている

かつて僕は
巨大な岩盤の下に呻吟する
いじけた羊歯類のようではなかったのか
夜になると膝を折り
見えない世界の圧迫に怯えながら
屋根の下に
胎児の姿勢を抱えて忍従にちぢまるとき
彼女に屋根はなく
取り巻く無辺際の気層が
彼女の丸い屋根なのだ

ふっくらした背の平原に首を折り
たましいは
白い熟睡の波紋を描きながら
身を横たえている
ああ
この水盤の上に生え出た流麗な蔓草よ！

なめらかな羽毛を
吹き過ぎる瑠璃色の大気に揉まれて
夢は翼の奥深く
あたたかい命脈の水路を循環し
落下……
竦めた脚元に
透明な虹の蹴脚《けあし》となって
しずかに滴り落ちている

形象詩篇

'74・8・20〜'75・5・21

泥濘《ぬかるみ》

切り立った断崖沿いの道は
昨夜からの驟雨に
ずたずたに引き裂かれて
くの字に蛇行しながら
浮き出た地表が
仄暗い森の小径へと抜けている
行き止まるこの泥濘
この惨劇
これは

あの皺ばんだ象《ナウマン》の脱ぎ捨てた
夥しい襤褸の絨毯なのか
あるいは
整然とした堆積を見破られた
折り重なる臓腑の噴出か
この大地に種は零落し
雨滴を帯びた
赤土の獰猛な露呈の広場に
いま
滅び去ったものの悲嘆が湧き上り
それは
荘重なバスを奏で
陽溜まりを越え
低く低く山の根を叩きながら
遠く

うっ蒼の樹木を掠めていく
地表深く食い込んで湿っている
幻の牙――
そうして
断崖直下　浪が
再燃の巨大な炎のように
膿を流し
冷たく　ふるえ　うごめいている

貯水塔——夕暮れに

白い貯水塔——
一匹の羊が大人しく横を向き
草を食んでいる
シャガールの描く動物のように
脚元の影は鞣され
突き出た白壁の頭が
影の中へと傾き　浮かび上り
夕暮の粗い寂寥を
繰り返し語り続けている

あるいは
誰が投げ捨てた腸管なのか
消化《くだ》かれた輝かしい夏の息吹きは
やがて
少女の熱い腸の血脈に
ひっそりと還っていくのに
巨大な円筒の中に積もる雨滴は
闇に孤独に上昇し
その季節のない葡萄色の瞳が
天辺で
永劫に汚れた星くずを
冬に向かって映し出している

すでに

おれの心には
赤茶けた零落の叢がひろがり
おれは
不在のフラフープを
少女のように廻す
羊のようにそっけなく
白い糞を吐き出し
叢に所かまわずひっつける

狒狒《ひひ》の尻

——栗林公園動物園にて

怒りの炎が
尻に
うっ血の血模様を
丸く
水盤のように描いたのか
野苺のしげみに
永劫の泥濘《ぬかるみ》を夢見たのか
あるいは
おまえたちの抑える大地は

黄昏色の土塊《つちくれ》に
焼け染まって久しいのか
背後は暗い闇夜で
其処から
如何なる光彩が
世界を明るく照らすのか
その探索燈《サーチライト》の点火を握るのは
瞳の手　鼻腔の手　剣歯の手か
痙攣するたてがみ　藁臭い腸の蠕動か
いま　引き裂かれた肉塊は
始源の烽火《のろし》のように
冷気に揺らめき
その
種の均衡にのたうちねじける嵐の密林から
円い一匹のミミズが

天球の秘部を抱えるように
のんびり
空に這い上っていった

カーマハーテビースト——多摩動物園にて

Ⅰ　出会い

私はまず
きりっとした瞳からあふれる
そそり立つ眺望の驟雨に叩かれる
遠大な可視平野の片隅で
私は
肥沃なこまかい雨滴にびしょ濡れになり
しかも
ふりそそぐ
やさしい柔毛《にこげ》の匂いにむせかえりながら

しばらく
しなやかな前脚を　ながれる脇腹を
編み上げのようなそれらを凝視《みつ》めている

Ⅱ　角に寄せて

混沌に満ちた前額の
思惟の領域は
くらく柔毛《にこげ》に焼かれて
天への底知れぬ萌芽の叢を宿し
湧きおこる意志の動勢は
揺るぎなく盛りあがり
太くうねり
力強く上昇し
内側に屈折

歪曲し
止揚の寸秒……
鞭のように相反して
ぴしりと無辺際に反り返っている
が
放散した意志の余韻は
冷々とした極を夢見る間もなく
可憐な首の周りで
整然と感応の円弧を描き
互の尖端を
愛のように響かせている

再生──瓶に眠る猿の胎児に寄せて

臍の緒は拗けて上昇するだろう
聖霊の火柱は天を焦がして
いかなる血の花が抱擁の形で花開くのか
その巨大な花弁《はなびら》は悲哀に滲み
萼は奔流を夢見て震撼し
花弁《はなびら》は渦巻き渦巻いて
氾濫……
血の大河となる
大河は浪々と吹き零れながら

天を翔け廻《めぐ》る
その苛烈な感応の炎は
水脈に喘ぎ
星くずの光疼ずく彼方
ひえびえと滴る
暗黒の精の海に
ゆったりと蛇行していく
やがて
壮大な天の磁場で
炎と闇――
双つの意志は
吠え叫ぶ洪水となって合流するとき
天に熱い憤怒の硝煙は立ち込める
母の痙攣する秘部を揺るがしながら
燃え殻のように地にもんどりうつ命《もの》……

転げながら
素早しこく
地を駆けていく

四肢に寄せて

傷ついた大地からも
水仙の花が
折り重なるように花開くように
僕の傷ついた大地から
四肢の水仙が
すっくりと花開く
また
輝く夏の午前
茄子畑の葉叢で見つけた

毒のない緑の蛇のように
触れ合えば
皮膚は皮膚に溶け合い
つめたく　かすかにあたたかく
葡萄のしずくは
掌をしなやかにながれて
僕の盃に一杯になる

ああ
この匂い立つ
水仙や蛇やの従姉妹《はらから》……
すっくりと花開くことのやさしさ
毒のないことのやすらぎ

胴に寄せて

傷ついた大地は
重い肉性に沈んでいる
根幹に花開く花弁はなく
ただ　遠巻きに
匂い立つ四肢の花々を支えている
骨の籠《ケージ》――
臓腑は羽ばたき
私はいつまで籠《ケージ》の中の鳥
その囚れの臓腑を飼わねばならぬのか

脊髄から湧き出た
夥しい血の蝮は
鼻腔を尖らせ　牙を剝き
管を突き上げ
熱い心臓の池の中で合流……
毒は毒に揉まれ
毒は毒を洗い合っている
おお
そここそ
きびしい修羅の華なのだ
そうして蝮は
血みどろの手で荘重なポンプを廻し
更に千切れに千切れて疲弊
あてどない重みに呻きながら
臟腑の縁を這いまわり

やがて
祝福もなく闇に死に絶えていく

駱駝に寄せて

Ⅰ　初めに

生は　音もなく
地平線から湧き起こり
やがて　音もなく
地平に没するように
明けては暮れる視界に
明滅する永遠の種の方円……
その倒れては立ちあがる
激しい脈動のうねりの中に
垂直に

輝く人類の絹糸が現われ
そして　いつからか
鈍く付着する無言の太い尻尾
近よらず
退かず
頭を上げず
頭を下げず
もう一つの太い地平線は
悠然と
大地を踏みしめる

Ⅱ　黙諾

神の
苦悩に握りしめられた拳《こぶし》は

おまえの前で立ち止まる
嵐は
暗黒の怒りを抑え
しかし
降りしきる黎明の光が
等しく
大地に
祝福の囀りを告げ過ぎるとき
拳《こぶし》は
放心したように
憤怒の力を解《ほど》き
やさしく差し伸べられた
巨大な安堵の手の平——
その垂れこめる静寂の冷気に紛れて
突然

遙かな所から
微風は湧き起こり
待ち受けるおまえは
激しい歓喜を押し殺し
泡立つ壮大な大気の本意を噛みしめて
じっと佇んでいる
高みには忍従の王冠——
王冠は
絶え間なく注がれる
祝福の美酒に洗われ
ふさふさの長い首が
茫洋と張りつめた
宿命の頭蓋を
そっと整えている
おお

伴侶のため……
人々が薄緑の思惟を
激昂の血に汚して
澱んだ生の脈路を歩むとき……
一本の伸び上る樹木のように
自らは動かず
何も語らず
神の悟性を受けとめた
忍従の額だけが
いつまでも
集約された黙諾の霊気に
震え渦巻いている

蝙蝠——車窓にて

雨上りの午後
山並に迫《せ》り出した
灰色の長ぼそい建築——
その人気《ひとけ》ない屋上の突端から
誰がふいに大気のガラスに
重い散弾を打ちこんだのか
突端の斜《ななめ》上
翳りゆく大気は蜘蛛の巣にひび割れ
中心で

ぽっかりと傷痕の苦い傷口をあけている
傷口は渦巻き
その深くするどい穴蔵から
ああ建物の背後から
湧き上る無数の蝙蝠ども……
夕暮れを装う
培養の土壌は
背後の山並にくすぶり
蝙蝠は素速く旋回
山並に映え
するどい歯形を尾根にたてては
かゝつかゝつと
その暗黒の汁液を吸い込んでいる
伸び上る
毛先を細めて落下

はげしく切りこんではへし折られ
へし折られては
ふいに
仄白い窓辺に
黒い煙霧の絹糸はもりあがり
ずん、と
底深い壁にしずんでいく
忽然と浮かび上る
深緑の夕闇の腹に抱かれて
一瞬溶け合い
何も見えなくなる
おお……
おまえの漆黒の翼
首筋の花粉は凍り
毛並は濡れそぼち

硬い触手は外界に張り出す
するどく大気に突き刺さる
同心円の暗い波紋……
絶え間ない稀薄の地帯への躍動
触手は生臭い唾を吐きかけ
建物は尖った額を尾根に光らせながら
いつまでも
しな垂れた貪婪の湿気に耐えている

凝視《み》るということ——あとがきにかえて

私は、実際良く凝視《み》ていないのである。対象が、遂に私から逃げていくほどの、緊密な凝視をした例《ためし》がない。それを、私の生理的な持続力のなさという欠陥に帰するのはたやすいが、はたして真実を探り出すということは、永続的な緊密な凝視の持続に深くかかわっていると言えるのだろうか。そういう科学的視点のなさでは、私の視力は一級品である。対象を浮かび上らせる行為の中で、私は対象への瞥見しか用いなかったし、一瞥の持つ緊密な闇が、私を、想像世界へと深く結びつけたと言える。対象はそこにおいてしか明るみの領域を持たないのである。snapshotこそ私の創造行為の前提であり、生命である。私は瞥見の持つ緊密な闇が寸断されるのを恐れる。永続的な凝視は、私を息苦しくさせ、眠気を催し、最後に、私は対象をぽかんと眺めるだけになる。瞥見の冷えた手ごたえのない限り、私は対象を放棄し、別な対象へと乗り移るだけである。感応すること――、ときに実に強引な行為で私はそれを実行する。感情移入に自然も、不自然もないのである。そうして確かに、想像において、現実凝視は絶対であり、現実凝視なくして想像などあり得ない。ただ私に関して言えば、現実凝視は瞬間的なものであり、忍耐強い永続的基調を持っていないということである。真実を探り出すということが、永続的な緊密な現実凝視の持続に深くかかわっているのなら、私は生理的に耐えられないし、私の詩作は邪道であり、深く反省せねばならないであろう。

一九八四年一月十四日　藤田博

アンリ　ルソーよ

（二〇〇六年）

アンリ　ルソーよ

アンリ　ルソーよ

アンリ　ルソーよ
僕はなつかしい君の名を憶う
洗いざらしの〃釣り人のいる風景〃を憶う
世界が一滴のしずくなら
君の風景こそ
その鏡の面を流れるだろう
僕らが無垢の闇にならないかぎり
誘われた驚異の垂れ幕は引き降ろされたまま
目くるめく光輝の渦はしみ渡ることがないだろう

君は常に
大いなる不安や苦悩の果てで待ち受ける
歓喜の旗のようだ
しずまりかえった泉のようだ
樹木の風車は蜜の石臼を回して
あらゆる葉裏が琴線のように弾ね返る
いりめぐる
大気の静寂と律動
緑の神秘の梢を音もなく揺する
望郷の小人たち
人々はシルエットを急ぐ
昼なおも星くずのまたたく舗道を
やぶ草の入江で永劫のなまずを探る釣り人
右手の
赤い屋根の建物の背後で

いかなる悦楽の野獣が
空気のこまやかな網目に落ちるのか
おお
そうして
誘われた最高の驚異
中景にたたずむ小高い丘よ
裏手の深遠な十字架よ
僕のすべてのおもいを飲み尽くすなだらかな緑の起伏
か黒い樹木の稜線
死の扉口
沈黙の果ての沈黙
産声にみちて……
そこなら僕は帰れるだろう
地獄の火を
復活の谷間を信じるだろう

こんがり焼かれたパンのように
水色の翼をたたんで
幼子の僕はまた　冬の谷間を
ひとりこだまして立ち去るだろう
たったひとつの真実の言葉を
唇に噛んで……
地上の楽園
それは
川向こうのさりげない丘
きっちりした地膚の上の
きっちりした緑
アンリ　ルソーよ
僕はなつかしい君の名を憶う
洗いざらしの〝釣り人のいる風景〟を憶う
誰もゆめみなかった夢

しかし
誰もがうなずく
もっともなつかしい夢
かわいた大気よ
闇の中の星くず
干し藁に抱かれた
愛の月桂樹よ！

オワーズ川の岸辺に寄せて

I

ジュゲム
ジュゲム
調和と均衡の
ゆたかな罠の中に
樹木は落ちた
牛は罠糸をたぐる
黒いヘラ
食餌の清水
食餌の清水
琴線の傘はゆれる

扇のように花開く
佇立
咆哮
沈黙
罠の霊妙な
空気のサーカス
池鏡
深遠な距離の帆綱の上で
光は踊れ
闇は立て
ちぢむ
ふくらむ
おっこちる
うん
ジュゲム

ジュゲム

Ⅱ

牛
世界の突出
芝草の
空気テントの
黒い入口
カイゼルヒゲのむちをふり
しぼみ風船の調教師
指呼の霊気に立ち上がる
おお
世界の背後は
精妙な光の

サーカスなのだ

trot

trot

ring

ring

ふん

rondo

rondo

サン・ニコラ河岸から見た
サン＝ルイ島の眺め

ひかりの残酷と祝福
日光から
月光への
衛兵の交代を
不眠の足元に踏み
時の滑走
時の陽炎
冴々と懐中の
体内時計は燃え

月は増幅の
喪神を胎む
月明の荷足よ　繋船よ　橋脚よ
黒のトラス
並木よ　城よ
旗よ
尖塔よ
支点のワルツ
眼路の極北は祝祭の
コンパスに返り
シルエットはみちる
ヴェール
トーンの静寂……
満潮の吃水線は
光沢《ニス》の低位に帆綱をおろし

欄干の花火は
幾何の調律に下り
波照間《はてるま》をゆらめく

水車

静寂のラッセル音が停車する
背後の並木よ
大地の蛇腹と竜骨は
このひとむれの緑の
泉の根方をすすり
ほのかな闇の潤沢を
水音の調べへゆり返す
ひとつの白亜の大気の
はためく十全のために

水嵩がたたえる
透明な空気のヴェールのために
舵のハンドル
石の階梯《かいてい》の上に水はしぶいて
あるいは
階梯の水車はゆるやかにめぐり
寄せ退く昇降の踊り場は
その鉄錆の
弧円の静止を洗い
ひそやかに奏でる
おお　空気と闇の銃眼
大空と雲と緑と水の領巾《ひれ》
たえず繰り出される転回《しぶき》の砲弾
炸裂のなめらかな皮膚は
排水口の砲門に落ち

あたらしい清水の火薬は
循環の筒をくぐって
伏流の低位をみがき
高鳴る沈黙の洪水は
香り立つ取水の
水色の砲座に
また　しずかに　湧き返る

カーテン

その日の空気の布を置くことができる
ヴァルールは空気の向うで絶えず濾過されている
彼の色彩の旗は精妙な坩堝であると同時に
永遠性の火である
手品師や道化師の出自が限りなく
なめらかな衣ずれの向うであるように
その火は布を照らし
布を焼き
オープンカーテンの向うに

あたらしい自然を現出させる
彼は困難な布である
彼は
その一日の
その朝の　午の　夜の
その一瞬の
カーテンコールを知っているのだ

神は明晰な図像を愛している
明晰な太陽は
空気の布にくるまれた
図像までも焼く
つねにあたらしい形象のために
形象は内髄から皮膚へと
立ち上がり

皮膚から内髄へと
しずまりながら
展転を生きている

空気の布の端をにぎれ
球を繰れ
温度は王宮
音楽は清水

アンリ四世河岸から見た サン＝ルイ島の眺め

シルエットの棺に帰る日にも
マストの赤い旗は希望の燃焼である
炎のゆらめきの手の収獲である
ほやのいのちのランプを見届ける
その太い指である
消滅の煤の
臭いとゆくえをきっちり
育むために
きなくさい出自の庭の

まあたらしい母のために……
停泊よ
計量の錨は船底へと
均衡をつなぎ留め
うつくしいパラフィンの
川面にたゆたっている
その水底へと釣糸を引く
さざ波に……
おお　シルエットのつやめき
シルエットの布の
ぐしょ濡れるやわらかな眠り
加熱のアイロン台はなく……
王が橋をまたがっていく
ヴァルール　すてきな檻よ
色布の中にうごめき

てなづけられた動物たち
いま
それは調教の最後の王の
崇高な跳躍の脚のために
捧げられる
塔はすでに
すてさられた灰色の
絶縁のたてがみだ
そして　統率の
秘儀は語られない
河岸にひとり
それは見つめゆくシルエットのひとみの向うの
見つめられた磁鉄の空気となって
鉄砂のこまかいとばりを降ろしている

城壁の眺め

エコー
カネアリー
無数の孤独の鳥をとばした
羽音は　地平のケージで
静寂を孵化し　眠りについた
朝
寄せみちる波紋のように
近づく丘に
黄味の産声はあがる

夜勤のしみる
閑散の手元に
それは打ち上げ
たなごころの中の
焦燥と
希望
ぬくみの餌を
ついばみさると
ひきしりぞく
別な放鳥の
舞い立つ
火縄となって……
孤独の太陽
番人は島を孕む
くりかえされた

佇立の調べが
音叉となる大地よ
向うの静寂よ
産卵にひしめくエコー
そのさえずる番いをときはなち
大空は　大きく
弧の孔雀を
舞い下ろす
天幕の中で
カネアリー
さえずれ
追憶は
その樹木の
城壁の
やぐらの

フーガのままに
はるばると
たちそよぐ
絶対の音階を
忘れることはない

ピンクのろうそく

切り開かれた
砂糖壺の
ひかりの光沢
こぼれ出る
薄ヤニのシロップの刷毛に塗られ
絶対の果実が
果肉の質量を灯す
かつて
無垢のひとみが抱きしめた
テーブルの上の

きよらかな正餐のいろどりが闇にのまれ
時空の肉汁にあたためられてにごり
苦汁に香り立ついのちのるつぼから
また　しずかに
燃焼の澱《おり》とともに
ひかりのテーブルの上へと透き立ち
結実する
生命の導火線は
炸裂の向うで熟さねばならない
信管は果皮の光沢のうちに
つややかに抜かれねばならない
芯もつものの埋火のほむらは
すべて
濃密な片隅の上に
讃えられる

追憶

追憶の
連弾の蛇腹は
奏でる
見つめられた視覚が
色彩の火を放つとは限らない
ただ
見つめることの負荷とよろこびを生き
見つめ尽くしたことに熟れ
倒れたものの根は

うつくしいネガの擦りガラスを
立ち上がるものたちの虹彩に
植えつけることもある
重ね合わされたネガの風景が
弧円の水車をはてしなくめぐらせ
ひとつの精緻な焦点の扉口に
立ち止まるとき
向うの
あけはれる空は
抜け透るセレニテの
感官を
すでにひかりの中に奏でているのだ
歩まれて　めぐり　音もなく
こえ太った追憶の球根を
受け皿に

かみくだき
精度と律動のめくるめく火芯を
手なずけられた
均衡のるつぼへとときはなつもの

リュクサンブール公園のショパンの彫像

どうして
伏せられた噴水は
立ち上がるのか
樹木のように……
天蓋の
すずしさにこめられた
空気の雨のいっさいを
なだらかに肩辺《かたえ》へと飲みほし
傘はたたまれている

ひかりの亡命が　午に
ふりしきる蜜房を編む
樹木も
雨だれのキーノートとなって
ふりそそぐ……
散策
あふれるひかりのやどり
佇立のプラットホームよ
編まれた一枝の母が一滴の木かげの清水から
こんもりと森の水盤をかたどるとき
その低いしげみの泉から
くろぐろと一滴のリラはみちふくらみ
ふたつにはじけ
やわらかな音韻をしみかなでる
樹木のはしばしへと流れる

サンクチュアリの弧の縁取りのように……
わけいる噴水の静寂
王宮のみどりよ
一葉のひかりの水滴が落下の亡命を
下葉へとみちこぼすとき
うるおう下葉のそよぎは永遠の定位を答えて
つややかな葉むらをひろげ
ふくよかにあまく流亡はつつみこまれる

雪景

雪は
背中のようにもりあがり
辺縁の口づけに
しりぞいている
大地の起伏をうたって……
雪白が捧げもつテリトリーは
直立の銃口を笑っている
ひかりにあたためられた空気の
ひきしまる照準の口径の中に

炸裂する反射
立ちめぐる樹木の
つややかな雪煙の砲弾を捧げもち……
闇の吸引と開示
放たれた
材木貯蔵小屋の
扉は
抱きかかえられた
水量の水車を廻し
給水に息づく
闇は
体積のうちに熟し
とけさらねばならない
雪白の包囲の中に
かすかな

まぐさの
方形を投げ捨てて……
うつくしい
帯状の小川よ
寸秒の計器よ
雪白は
すべてをのみ
匍匐を食む
降りこめられた
垂直の蛇腹をかき上げ
たなすものたちの
ひびきやかな落下を待つ
伏流の蛇口
面積への検証は短く
大地への容積へと

流れこむ一滴の花を
つつんで
着弾のひかりの中に
絶対の
テリトリーを燃やす……

セレニテ

地は
均斉《シンメトリー》の
連結器か
樹木の連弾
根方の機銃掃射
樹間は炸裂の中に
地平の紐を結んで
笑う
大地の火の扇は

大空の衝立を孕み
無垢の計器は
青の微塵となって
舞い立つ
無窮の視座のきらめきのために

そうして
ひとかかえの空気よ
蒸気の金管は
ろか器の
うすぐろい定位に目覚めて
青空の
青を排気する
すべての梢の旗を
律動の

奏鳴へとかき鳴らして
昼は
青々と
音管の流浪
薄明と夕闇に
うわずみの澱《おり》は
地平へ倒れる
均斉《シンメトリー》の堆肥
連結器への注油
あけはれる
セレニテの
空冷の
舞台のために

輪郭

冬よ
大地から
磁石を飲め
輪郭の鉄芯を
自らの背骨に植えこむために
石たちの
構築の川を飲め
その蛇行を巻きとれ
その重量を積みおろせ

地に伏せられた青空は
空気を飲んでいるのではない
引力のふかい磁鉄を飲みほし
空気を生きているのだ
地下茎の鉄の匂いが
すべての発露のように
大地は輪郭をひきしぼっている
カツカツと
その歩みの貨車に乗り
火と空気を吐け
蒸気を飲め
ひとつのかたい鉄球の思いを枷にして
ひとつの樹木を摘め
ひとつの地平を　建築を
太陽のふり注ぐ目覚めに

すべての鉄の雪は地軸を断ち
春にとけさるのだ

戦争

戦争

世界は見張る
最高の道化への王の階程
日没と薄明は地平の衝立
つねに切り開かれたフリルの揺曳
その立ち上がるひかりの叢林から
沈黙の
喪房を切りくずして
生命の目とたてがみは疾駆し
伝令ののろしはあがる

かがり火の愛よ
でくはからくりの果てへ落ちた
統覚の
カラスは盗まれた火の髄を
佇立の円錐の中に
あかるく啄む
埋火は消せ
ふたたび
装塡された手足は
最低の鉄敷から叩かれ
つねに最高の空気の鼻梁へと昇華する
この火花の身体のめぐりよ
生命の在位はおどり
煙まく……
定点移動へと一瞬にけりあげられた

柔軟な
自負の蝿！
おお
人類の手品師
背景の絶対
そのふかいくぐもりの中から
水色の空気は揮発を目覚め
でくは入りめぐる着地の揺籃　木々の股から
あたらしい体位の舞台へと
ゆるやかに
躍り出る

ジュニエ爺さんの二輪馬車

神の郊外
舗道は伸べられた
駅舎
軌道は抜ける
果てしない樹木の周遊の中に
蹄鉄のやわらかな地平を踏んで
ジュニエの馬車は立ちいたる

目は

眺望をなびき渡った
音響の気流のようだ
佇立の
果肉はつややかに
しみとおる
その鈴鳴る端座の
シルエットのテーブルに……
犬は小刻みな
大地の蟻
優雅な休息の
並足をふる

ひきしぼられた
広大なトレースの焦点よ
ブラインドは

すずしやかな泉にかえり
一点の樹影を飲み干す
放射の盲いた広場を足元にしずめて……

とおい並木よ
神のベンチ
王城の口はしたたり
それは
永遠の
あかるいパドック
そこに
あらゆる足並は
しんと息づく
風たちのしげみのままに……

静じゃくの
うららかな逃げ足よ
セレニテの音韻を
ふかく
かきならして
空気の迷路は開かれ
洗いざらしのひかりは
さざめく

嵐の中の船

それは
母胎の航海
影絵のようにふたたび
まなざしに
開ける
石けん泡の
生誕
産声の波止場からの
出帆

父は
みどりの綱の
苦い波とうを
許すだろう

ふりしきる雨に打たれろ！

船腹に
底知れぬふちは
渦巻こうと
それは
まぶしい風光への
約束の岸辺

セレニテの帰還を
停泊を
帆はあげろ！

アルフォールヴィルの椅子工場

大地の
船首に
僕たちはいる

それは
約束された
水しぶき
空気はけりあげられたひかりに
よごれ

洗たく工場
それは
ふかい貯水のままに
僕たちの
空気の衣服を洗う

永遠の午下がりを
干す青空よ
舗道よ
釣り糸よ
水門よ

それは
あらゆる通行の
ゆらめく静止の抜け道

排水のスクリューはめぐる
静寂の推進
大地のマストは
はためく

婚礼

水族館のゆらめく
藻草の定位よ
水泡の厳粛
いのちのシルエットの
しみとおる
腑分け

根はおろされた
端座の祝砲
硝煙の臭跡を
うちふり
追いおとす
宴なる犬

オペラグラス

オペラグラスの方寸
退くものたちの拡大
拡大するものたちの後退

着弾の広場は炸裂する
セレニテの静寂の庭《コート》となって

射程の精度よ　一点よ
収斂と放射の華

感光の乾板はシルエットの貫通にぬれ
くらい裸眼の銃座は
ひかりの捕獲にしずまる

硝煙の装塡をつねになめる舌
おお　色彩の砲典よ
すべての獲物はあまく
みがき抜かれたヴァルールの
地平に落ちる

人形を持つ子供

コントラストの
地平へ
らちされた
ヴァルール

寒暖計の人形

花は
極北の羅針をふれ

ツンドラの
群生のように
うつくしく
胸襟を正し
海鳴りの方位を
まさぐる

セレニテは
絶対音感にこごえ
何者かを
照り返す

目

焦点の熱いのろしを
しずめるもの

硝煙はシルエットに
しみこみ
冷めたレンズは張り出す

みがき抜かれた果実
ひかりと闇の捕獲よ

接岸

世界は
接岸の波立ち
この永遠の野営をかざる
王城の空気
きぬずれの
火のシルエット

記憶

目の記憶を
封印せよ

闇は
その切り取られた
無窮の蛇腹をたたみ
あたらしい接岸の地平を
装填する

目よ
線原のるつぼよ
連接のパドックを
はるか
駆け抜けるもの！
世界へ！

郊外

空気の王の散歩
郊外は
らちされた食卓
釣り糸は
流亡する永遠の
波頭を引く
うつくしい
野営の火のために

裸木の
乳母のテントよ
王城のしとねは
遠景にくるまれ
厩舎は
ひかりの寝わらを
おとなしく
しつらえる

空気はつねに
あたらしい領有の
屹立
深海のようにながれ
舌は
切り開かれた風を

食す
そのはるかからの
衣ずれの帯よ
やわらかな包囲は
清冽な朝を吐いて
空気の王は立ち過ぎる

しずけさへ
うらうちされた庭《コート》
しなやかに灯される
午後の
活計の食卓へ

イヴリ河岸

祝祭の日曜日へと
河岸の段丘は
はるか
収斂する

地すべりの
こころよい
カーペットのように
くるみ込まれる

郊外の波頭
しずけさの海よ

川面は
王の酒盃の
ふかいふちとなり
やがて飲み干された
玉座の影をうるおす

そのみどりの揺籃よ
照り返す
くらい灯の中に
佇立の散策
シルエットのコマはなだれ
あたたかい胸襟の

勲章を編みおろして
夜の衣装はみちる
王の指先は
領有の
うららかな
辺縁の愛撫

飛行船の漂流は
彼の目だ

公園を散歩する人々

出会いの
回廊を支える
見張りの窓よ

その高みからの
闇の黙契が
ひかりの歩道を
しつらえ
つややかな中庭《コート》を

大地に
敷き延べるとき

通行は
あたらしい
出会いの姉妹だ

よそよそしい
距離の泉よ
壁の秘儀……

王城の樹木の沈黙に
とけいり
一切の
忘却を

こだまする
午下りの散策

構図

点景こそ
揚力の
玉座

釣り糸を探せ！

大空

絶え間なく
炸裂する
臨界点の
蒸散の
立体を繰り継ぎ
やわらかく吐き出された
逃亡の海の切り口を
水平の
かわいた消失点へと

押し拡げ
目は
はるけさへの
聳立《しょうりつ》を果たす

雲は旋回！

太陽と月は
大地を
潜行する
伸びやかな
反転の航跡を
中天の
緩衝の波止場に
結いとめる

均衡の音律！
滑走の舗道は
しなやかに敷きつめられ
樹木と水の低み
めくるめく揚力
ひかりとかげは
透明なせいじゃくの迷路をしつらえ
距離の逢引きは
めぐる

トレース

トレースは
休息する
律動の
舗道のために

消滅と
出現の
厩舎は
大空の藁を食み

ひかりとかげを編み消化《くだ》いて
均衡の扉口を
歩み出る

静じゃくのパドックを
こだまする
水色の制御の手綱
一斉に逡巡する
はめこまれた
シルエットのゴールよ

トレースは
駆ける
やわらかなシルク
世界へ！

めくるめく永遠の一歩の
断ち切られることのない
優美さのために

一本の樹木

一本の樹木の佇立
語るべき泉はある

連関の冴えた空気の中に
なおも
こまやかに
ほほえむもの

ほほえみかわすえみの

永遠の点滅のために
青空は
闇は
ひかりは
永遠は干される

洗いざらしのバルコン
一枚の葉の
こもれくる
やわらかな産声のために

佇つ

時空の王宮をつみかさねて
暗黒の中から
ついに
ひかりとやみの排水口をうがち
壮大な生動の吐息を放つ

ついに
みちかえるものは
うつくしく

おりめぐらされた
季節の
一滴の瀑布

その玉座の
物語りは語らず
岸辺から
釣り糸は
大地の吃水線を
見張り
水門の番人は
佇つ

蛇使いの女

蛇使いの女

地層の記憶は
絹のように引き剝がされて
花となる
敷き叩かれた大地のタイルから
うつくしいばら色の清水をひいて
波もんのままにゆらめく
足首の休息……

きりひらかれた薄明は

ふたたび
大地の根の管脈に飲まれ
むれなす葉うらの気息
よじいられ
洗い尽くされ
しなやかに
みがきこまれた
闇の一滴……

月明のへそ
はるか星辰の
ヴェールをまとい
弾力の裸身は
かわいた
ひかりの音韻となって立ち上がる

みどりの王の天幕
奏鳴はふくよかな玉座の泉をめぐらせ
恩寵の蛇は大地の噴口をひらいて
水鳥は第一のやわらかな水門
湖は顕現する
凝らされた水位と中洲の
みずかきの王冠をたたえて……

蛇使いの女

黄昏と薄明は
ウロボロスの尾を噛み合い
星辰からの
透んだ空気のパラフィンを
投げかける

大地の種から芽生えた
新しい岩屋
みどりは

めくるめく
カレードスコープの低位……

月の腕から
太陽のへそへと
差し出されたひしゃく
大地と大空の砂金を
ふりおとし
清水は
あたらしい音韻のひかりとなって
注ぎ入る

メタモルフォセスのたちしずまる
横笛
すべての化身は

ふくよかな指の起伏にまかされ
闇はかなでられた自らの
しなやかな産道をつむぐ

月明のたまりが
やわらかな腹部を編んで
むき出しのいのちの包《くる》みとなるように
むれなすみどりは
一房の天がいを宙宇に
こまやかにさし渡して
太陽の冷えた産湯を
大地の
永遠の根に抱きとめる

アイ

その宇宙の目は
ノスタルジアには流されない
巨大な均衡の暗箱の中で
真実の風景を求めて
青々と
モンタージュの炎は
燃えさかる
整合と同定の火花のために
切り裂かれ弾かれた

辺縁の空気の煤は
セレニテのたかやかな降誕のための
透明な樹脂の刷毛
ひらかれゆく
地平はそのうつくしい
まぶたの宝石を
偏光の果てへとみちわたす
空気の王宮のために
おお一瞬のあたたかな吐息
ゆるぎない照準の纜を解き放ち
迫りしりぞく風景は
たしかな係留の静寂
はりつめた虹の弾道に花開く

非番へ

当直の天空
切りためた風景のタロット
非番の闇へ
大空とみどりの天球を抱え
逃亡する

ジグソーパズルの辺縁は
シルエットの香油で鞭打たれ
あまやかな
ひかりをかもし
王宮の迷路へ
屹立のナイトは駆ける

佇立

はてしない佇立の堆積は
緑の根の要衝となり
一本のきびしいシルエットは
はるかな四方を
韻律のトリミングでととのえる
記憶の銃眼は
きりひらかれた暗幕の舞台となり
空気の王道は地平へと抜け
反響の迂回となって

こまやかに地の面に迫り立つ
撃ち抜かれた弾道の水路
あたらしい放流と止水弁の目覚め
物語りの迷路は
破砕の空気の細片となって
立哨の窓辺を飾る
見はるかす旋回
輪軸の乱舞は
定点のフリルに花開き
舞い上がるセレニテの
天空の落下傘

パリ近郊の眺め

打ち鳴らされた
ドアベルの後の沈黙
河岸の泡沫から
結界の頭部は顕現し
黒々とした
シルエットの竜骨を
内陸に
伸ばして
うつくしい頓座の

漂流を遊ぶ……

冬の
大工場の空気よ
河岸へと
迫りよせる
さかんな樹木の秘戯を
いのちの
燠とし
佇立と
転開の音素を
雲のたなびきへ
送る
煙突の臼砲……

やがて
みちくだる
血の夕暮れ
大地の砲座をひたして
切れこむ闇の
静寂の
林立の中に
樹木の天蓋は
明滅の星くずをかざり
満潮の大地の
無数の根の導火線から
ひとつの夜は
ゆるやかな
愛の祝砲を打ち上げる……

ピエーヴル谷の春

ステインドグラスの薄皮は剝がされ
抱卵の空気は解き放たれる
葉脈のケージは孵化にわきたち
ひかりの産声は谷間の王道を歩む

手さげかごの神秘の清水よ
梢と渓流の果実はひとつにとけあい
森閑の帯は
洗い尽くされたまぶしさの歩幅を

伸びやかに支える

鉄柵の大地と止水弁の交合
雪どけのはての水門は
側帯の広場に音もなく花開き
決壊のつややかなパノラマは
はるかローマ水道のたかやかな軌道をめぐる

パリ近郊の製材所

レンガの燠を吐いて
廃屋の側壁はくらく
迫り上がり
迂回する本道の
道しるべとなり
背後の
空気の主要門へとくだる

植え込みと

植え込みの間の通行は
積み上げられた
驚異の山てんへの間道
月桂樹の放射を浴びて
刻み立つ稜線は
あかるむ斜面の導管を
大地へとひきおろして
発電の磁場は完遂する
もうひとつの
空気のピラミッドのように……

採石場のなめらかな肌膚の
るつぼをかがやく
中腹の踊り場の集散
製材の広場は

静寂の輪軸を
しなやかに回して
氾濫のいかだを
樹木のしげみへと打ち上げ
反転の波足を入り口へとしぶいて
漂流からの
みちたりた接岸のように
人は
熟成の季節の桟橋を
トレースのままに降り下る

砲兵隊

非番の
血の硝煙の広場に
生命の黄金の澱《おり》の排水を
完遂するために
待機の輪軸と
炸裂の剣先の均こうは
樹間の祝祭の中に照り映える
鉄の不滅のヒエラルキーよ
ひかりから闇の低位への
組みあげられた一瞬の虹の力学

とき放たれた
腐食還元の閃光よ
黄金と鉛芯の交合の張力は
砲身の起立の中にさしこまれ
弾丸はうつくしい散華の
地平を夢見る
時空の大地のバネのせせらぎの中に
生命の制空は
紋章のように結いとめられ
砲門から砲架への収獲
砲脚へと統率の果汁は
清水のようにみちて
銃剣とレイピアーの結界の内陣に
血の有機のキャタピラーは
水車のようにめぐる

マラコフの眺め

眺望の極点は
迫り上がる勾配の
ひろやかな水泡にあふれ
ひきしりぞく俯瞰の切岸を
地の中洲へ寄せ渡す
天空のうごめく雲の配流をまきとり
あたらしい変位の律動にしずまる
裸形の打ち抜かれたシルエットよ
碍子の輝き立つ白いフリルに

結いとめられたしなやかな
四肢の舞踏……
送電の解き放たれた方位の張力よ
街灯の穂首はたかやかな
連結の落差を地へ降り注ぎ
放流の樹木の
ひめやかな一瞬の泊りのように
家々の窓辺はふかく
大地の貫流のプールを育む……
蛇行の継点をあふれ出た
清水の登攀よ！
切りひらかれた稜線の
優美な征服のように
人はこもれ出る帯流の
ひかりの尾根を伝う

サン・クルー公園の並木道

抜けとおる
大空の天蓋に
祝福された
並木と並木の接ぷん
大地の迫り立つ鍵盤

約束された
ひかりの通奏低音のように
繁茂の回廊の中をゆきかう

いのちの韻律

散策の王道は
ゆるぎない
樹木の水盤を
やわらかな中天の
空気にうがち

ほとばしる午後の
静寂のあかるみの中を
的確な樹影の
指呼の間をふみしめて
群れ遊ぶ
ステッキ！

蛇使いの女

ほふくは
あらゆる落差の低位
しのびよる
樹間に
戴冠の王を張り出し
せりしりぞく谷間に
流謫の
空白の玉座を
しつらえる

ひかりとやみの消息
空気の幕間のための
黄金の琴線
開閉の
調りつの秘ギを
横笛の股間にたくして
ふみしめられた陰道から
一気に花ひらく
みどりの王門
まねきよせる
つややかなやみのつがいのはんもよ
湖沼に
音沢《おんたく》の秘部は洗われ
かまびすしい
月明のしとねを離れて

静じゃくの響鳴の中へ
しなやかに
四肢のくびきは立ち去る

フットボールをする人々

はるか
観覧の並木は
遊戯の中心へと
しわ寄る

距離は
たかやかに分裂した
空気ののろしをあげ
はれわたる青の天蓋から

ふりしきる
さわやかなひかりの糸にあやつられ
躍動は
樹々の伸びやかな極点に
一瞬の舞踏となって落ちる

時空のはずみわたる
リハーサル
すみとおる
汗の結界から結界へと
投げわたされる一塊の太陽
けりあげられ　抱きすくめ
うつくしくもてあそばれたものの
軌道が
やがて

迫りしりぞくゲームラインのふっとうとなって
叩き寄せるとき……

ここタックル
観覧の並木は
はるか
喜戯の果てへと
ひとすじにわきたつ

入市税関

佇立は
行きかう木霊の統御
剣先のステッキはうちふられ
切りとられた麓の兵営に
隊伍の整列は
連弾のように完遂し
中腹の総帥の巨砲を見すえる
うねりあがる
静寂のテラスへの遥拝

演習地のすんだ気流は
尾根伝い
色こい着弾の曳光を閃かせ
巨大な大気の工廠は
叩きうつ
永遠のピストンの
血腥い通行の注油に
うつくしく明け暮れる

フラミンゴ

太古の
間欠泉の
結滞の秘部を
注ぎ入れたくちばしで
あつく
砂洲に洗うとき
一瞬に
なめらかな弛緩の
湖畔はすべり

大地を縁どる
なみなみと
たたえられた
一枚の浮葉のように……

花托の
みちこらされた
黄金の器楽にさきがけ
ゆたかに
たゆたう
はなびらと花茎の
韻律は
ゆるやかにしわぶく
湖面の
静謐のつぼみに支えられ

あまやかに
地上の名残りの果てへと
咲き匂う……

やぶ椰子の
風車の回転
くらくきらめきたつ
風のあおりが
世界の最長の慰撫を
かなでるとき
中洲のいかだは
ふかく重心の
さおをおろして
みちくだる
係留の揺籃に

陽炎う……

砂洲の
ゆらめきたつ内陣の
抱卵に加担し
血のルビーの脚のカラット
たかく　ひくく
結実する
航行の波頭を見送り
きまりよい
佇立の
永遠の水源に
ほころぶ
方円の虹……

椅子製造工場

大地の鍵盤に踏み入れる
神々のもすそは濡れかわき
紡がれた空気のヴェール
はるかな雲の査証を
響き入れ
爪先のやわらかな氾らん
一瞬に
垂れ幕の税関をすりぬける
きりひらかれた闇の

しなやかな韻律の背後で
かろやかな玉座は
まあたらしい
ひかりの木くずを発し
削ぎ落とされた裸身
抜けとおる地平の
みどりとさざなみのゆらめきに
くるまれ
香しい大地の端座は完了する
うつくしく蒸散する
楽音の記憶よ
交響の
窓辺はたかやかに開かれ
岸辺のピッチカート
釣り糸のしずかな先たんは

神々の泉の
ひめやかな繁茂にふれる

マルヌ河沿い

午前の静じゃくのカッターは
たゆたう
空気の無限のヴェールを裂きたち
壮大に
花開くコスチュームのくびれを
ひとつにまとめ
やわらかく
なみだつもすそのゆくえを
なめらかに切り払う

ファサードは王城
そのはるか垂直にすみとおる
狷介の中庭をわきたち
たかやかに
かき均された
大気のプールに
優美な着弾の華を
そよがせる
遅い薄明のフーガよ
きぬずれのピッチカート
一瞬のふくよかな傘下
やがて
明け放たれる地の露営の
みずみずしい火の舞踏会よ

夢

夢

太く
帯流する
奏鳴に弾かれ
存在の玉座は
咆哮する
一瞬に
引き退く
迫真の潮位に……

戴冠のシェードの中に
てり輝く
輪かくの羽毛
明度の散りきらめく稜角は
暗帯の地平に飲まれ
はらまれた緑の洪水は
深奥の虹を尖らせ
たゆたう大海のしげみに
汜藍の岸辺をゆり戻す

しずけさの低位に
しずけさをはりあわせる
デコールのうてなよ
大音響をしぼりこむ
かれんな耳鳴り

尾はすでに打ち振られた……
属目の調べは
統合の
最後の潮間帯を群れ遊ぶ
吊り上げられた極彩の
交尾の中に
澄みわたる潮鳴り
寝いすの平原にしたたる
つややかな芳香の器《オルガン》

栓たるものの
ゆるぎない光輝よ
泉はめぐりくる母性の一滴の中に
黄金の排水をけみし

玉座は
竹林の帰路の向こうに
蹴り上げる月の
揺籃の浴座を
風亡のままに
しつらえる

ライオンの食事

音響の不滅のたてごとを
あしらわれた肉の大河に
かきならし
収束する血の岩場のしたたり
口のたてがみは
方位のタピストリーを
遠景にはいて
ねじきる台座の風から
抱ようを立ち上がる

つややかな葉脈
供犠のふかい花弁よ
食餌の凶暴な舞踏のために
冠水する
空気の喉元
ゆるやかな結実の茎の咆哮よ
タピストリーの背後に
反響は　やがて
迫り上がる月明の揺籃を
はらんで
落ちなぶられる天蓋は
薄明の上澄む岸辺を
大地の交響のふちどりへと
てり返す

夢

管楽は
大地の繁茂
一滴の
毛細の花弁が
ほころぶとき
幹の環流は
天蓋へと噴きこぼれる
かくされた大空の支柱のように……

切り落とされた青空のシャワーよ
かわきゆくひかりの被膜が
ふちどられた
瞳となる奇跡よ
ふたたびかくとくされた
視野のほとりから
大地はふくいくたる茎のうてなを伸ばし
舞踏は極彩のきらめきとなって
指呼する
空気の荘厳な虹のゆくえを

音はすべてのりんかくを
はらんだ!
奈落が
かれんのきりぎしへと旅立つ日

ひらかれた
ひかりと虹は
よこたわる
水紋のきわみに運ばれ
まぶしく闇をはじける
大地のはじめての法悦の朝の
したたりよ

熱帯風景、オレンジの森の猿たち

はじらいの太陽は
コロナの密林をしげらせ
樹間の清水を張りわたす

ひかりのシェードにてりかがやく
果実よ　光球よ
太陽のひげは自らの組みあげた
葉脈の揺籃におちる

究極のたなごころを
くわえるやわらかな猿

果皮の向こう
果てない重力にひきしりぞく
かろやかな
最後の真空をたたえて
地のプラットホームを
跳りょうする
照度のぬくみよ

氷河

シルエットの氷河を咲きつぎ
一瞬の
ひかりの蜜にうたれた
まなざしは航行
奔流する
コントラストの山塊をつなぎとめ
黄金のファサードを切り出す
対岸の坑夫よ

ひかりと闇の精緻な均衡は
立体の玉座をはらみ
獣性の森
ふちどられた鞭のたてがみ
遠近の咆哮は
はるか
うららかさの雨を降らせ
転回点の台座は虹にしみる

あらゆる空気の建築をかぎとる
鼻こうのほとり
無次元の稜角　無量の地平
飼いならされ　ときはなたれた
りんかくは　ふいに
後尾の追行を

しなやかに断って
やわらかに迫り上がる
結氷の舌の蒸気よ

あとがき

ルソーの絵画の特徴を一言で言えば、その構図の安定感である。彼の絵画には、すべての形体を統御する集約された一点が、絶えず存在している、その中心点は、ただそこにうがたれているのではなく、すべてを飲みこむほどの勢いで渦巻き息づいている苛烈な一点である。彼の絵にはヘソがある。そしてヘソのようにそのヘソは封印されている。そのヘソから始まる彼の絵画の求心力。その求心力のリズムに乗り、あらゆる形象もあらゆる図形も幾何も、便乗の遊戯が自在となる。遠心力との均衡するダイナミズムを競り合い、遠心の地平までも抱き込み、一点に統御された求心力は、消滅ではなく、つねに出現のスクリーンとなって現前する。彼の内部の巨大な暗黒は、スルスルとひかれる暗幕となって左右に後退し、スクリーンの背後に全き生き物として隠れるのである。キューブもフォーブもある意味では、抽象という内臓の披瀝であろう。ルソーは緊密な立体を、その計測と躍動と静止の光跡を愛しながらも、決してその剥き出しの運動を披瀝しはしない。それは、彼の明晰で清朗なスクリーンの出現の手カセ足カセとなるであろう。彼は舞台裏を覗かれるのを嫌う。暗躍の小道具は、徹底的に背後に優美に手なづけられているのである。

ルソーの絵画の緊密な表面性を支えるのは、大地の中心へと闇のマグマへと引きおろされた、広大で微妙な錘鉛である。樹木はその緊密な表面性の光輝の頂点である。根の秘密を知るもののみが樹木を繁茂させることができる。そのとき、大地の闇と大空の明度は等質なものとなる。鉱物を知らぬ者は水を語れない。水の密度を知らぬ者は鉱物の密度に盲目だ。密度を知らぬ者に、表面性の光輝は永遠に無縁なものとなる。世界の表面性をきびしく統御できるものは、はじめて、祝祭の広場を約束される。私たちはその広場を、当然約束されたもののように、土足で語らい歩く。そこを驚異の高笑いの中に封印し、そのまま自らの記憶の無意識の片隅へとらちして、こころよく去る。マクロコスモスとミクロコスモス。みどりはその通路だ。ルソーの樹木は、あらゆる解釈をゆるしている。ミクロコスモスのプレート。持ち運び自由。マクロコスモスの王城。出入り自由。しかしそれらの黙諾を、ほほえみながらふかんする一点の目がある。自然という清新な大気だ。

藤田博

二〇〇六年九月

解説

多様な生きものたちの命の再生を詩に刻む人

『藤田博著作集　第一巻　全詩集Ｉ』――第一詩集『並木　クララの幻影』、第二詩集『冬の動物園』、第三詩集『アンリ　ルソーよ』に寄せて

鈴木比佐雄

1

藤田博氏は一九五〇年に山梨県甲府市に生まれ、大学は東京の大学に進学し、卒業後は千葉県の高校で英語教員になった。その後に甲府に戻り教員を続け退職をされて、今もその地に暮らし、詩作を続けている詩人だ。一九八〇年に刊行された第一詩集『並木　クララの幻影』はわずかに六篇ではあるが、藤田氏の詩的精神の特徴を明らかに刻んでいる原点であることは間違いないだろう。今年二〇二三年に刊行された第六詩集『億万の聖霊よ』の中にもその詩的精神は一貫して流れ続けている。

第一詩集『並木　クララの幻影』は、「蝶への懺悔」、「橋」、「隕石に寄せて」、「春に向かって」、「並木　クララの幻影」、「不滅の大気に」の六篇から成り立っている。詩「蝶への懺悔」の冒頭の八行を引用してみる。

　菜の花畑で足をとられ／蓮華草の叢に追われ／傷つき　手折られた蝶の不幸が／私に還ってくる／少年の魂の／かすかな絶望の駆け出しの中で／捕

虫網に光った蝶という名の絶望の駆け出しに／今
私は追われ　傷つき　手折られる

藤田氏は甲府盆地の菜の花畑や蓮華草の叢の中で昆虫採集をしていたのだろう。しかしその蝶が「傷つき　手折られた蝶の不幸」を感じてしまうのだ。さらに「少年の魂」は「捕虫網に光った蝶」を生命の危機に陥れてしまったことに対して、「絶望の駆け出し」という独特な表現を使って、その行為を恥じるのだ。さらに「蝶の不幸」を作り出す愚かな行為をする「少年の魂」の在り方に絶望を抱いてしまう。いやおうなしに「絶望の駆け出し」が始まるような不吉な未来を感じてしまう感性を物語っている。この詩の後半の八行を引用する。

春の日にやがて／菜の花畑や蓮華草は　まぶしく輝き／秘められた数限りない生命《いのち》あるものは　息吹き／そこに　ふたたび／幸福な蝶は舞い来ることを信じ／手を組み合わせ／私は　紫斑の雨降る空洞に満ちた懺悔の道を／ひとり　静かに　太陽に向かって歩いていく

藤田氏の「少年の魂」は人間が昆虫や動物などの命を傷付け殺めてしまう絶望を抱きながらも、野の花の咲き誇るまぶしい春の日に、生まれ変わって「幸福な蝶は舞い来ることを信じ」て、ようやくバランスを保って、前へ歩み始めるのだ。第一詩集の冒頭に詩が「蝶への懺悔」から始まることは、きっと藤田氏が子供の頃から感じてきた最も痛切な思いを記したに相違ないだろう。藤田氏の命に関する鋭敏な感受性は、例えば宮沢賢治や村上昭夫などの詩人たちの命ある存在を慈しむ魂とかなり近いと私には考えられる。宮沢賢治の『春と修羅』と村上昭夫の『動物哀歌』の深層の精神性は、第一詩集『並木クララの幻影』や第二詩集『冬の動物園』のタイトルの命名からも類推できるだろう。藤田氏は賢治や昭夫と匹敵する位の昆虫や動物への贖罪意識や「絶望の駆け出し」を抱えても、どこか軽やかなリズム感で「幸福な蝶」である「クララの幻影」を見出し、多様な生きものたちの命の再生を詩に記していて、それによって読者に温かな希望を伝えていると感じられるのだ。

二番目の詩「橋」の出だしの十一行を引用してみる。

見知らぬ
死や死者の
無言をぶらさ
げて私は今日も
橋の上を歩いてい
た。それが私のとりとめの
ない宿命の日課であるよう
に橋はその背で私
の存在の暗い血
肉の重量を耐
えている。

この詩は一読するとコンクリートポエムのような手法で視覚的に一文字ずつ増えていき、頂点に達すると下がり始める文字の造形美を意識している。と同時に内容においては、私が「とりとめの／ない宿命の日課で」あるようにいつも死を意識し、また死者を想起しながら「私／の存在の暗い血／肉の重量を耐／えている。」、という存在論的な問いを発している。その意味で藤田氏は、生きものの命や「存在の暗い血／肉の重量」という存在者の存在を問わざるを得ない詩人であることが理解できる。後半部分を引用する。

そして私の与
えるものといえ

ば日々の底冷えす
る生の快楽と死や死者への
ぶざまな無言であろうとも
おまえは私に何か
を語り続けてく
れるだろう。
私もおまえ
を語り止
めはしな
い。私は今
日も橋の上を
彷徨っている。

藤田氏は、きっと愛するものを得たのだろう。そして自分の与えられるものが「日々の底冷えす／る生の快楽と死や死者への／ぶざまな無言」でしかないと率直に語ったのだ。それでも「おまえは私に何か／を語り続けてく／れるだろう」と、互いが言葉で「何かを語り続けて」いくことの重要性を告げている。藤田氏にとって「橋」とは、「死や死者の無言」を抱えて、愛するものと彷徨いながらも言葉を交わしながら生きていく「時間」なのかも知れない。

2

詩「隕石に寄せて」では、次のように隕石の落下を偏愛しているかのようだ。後半部分を引用する。

だから　私は夢見る／瞼に熱くこみあげる／涙のためにも／隕石は昼落ちなかった　と／それは／闇深い夜の不安の心に／窓辺から降りしきった／電光が／かすかに心臓をびくつかせ／私はせつなくなって起き上った

藤田氏は、なぜ「隕石は昼落ちなかった」のだろうかと訝り、それだから「闇深い夜の不安の心に／窓辺から降りしきった」のではないかと気持ちを落ち着かせる。どこか隕石を夢見て恋焦がれるような感性がある。宇宙や銀河を故郷のように感じて、そこから降ってくる隕石に親近感を抱いて、深夜の夢の中で遭遇しているのかも知れない。

詩「春に向かって」では、その後の藤田氏の言葉の感覚を象徴する言葉を見出すことができる。

春は／ゆんわりとあたたかく／やさしく／大地のわななきは／僕の心のわななきになり／街の／ちょっとしたかなしさや／うれしさの類《たぐい》を／風に乗せて／遠ざけたり／近づけたりする／ふくらみかけるベンチ／安らぎに満ちた／言葉の花粉たち……／ああ／僕は／都市に浮かれる／言い知れぬ／春に向かって浮かれる／また／僕の魂の限りない／希望への／雪解けに向かって

藤田氏の暮らす甲府盆地は、家々が続く町並みと田畑や果樹園の耕作地が融合しており、その周囲の山々は富士山から南アルプス、関東山地に取り囲まれているところだ。藤田氏の感受性は街並みと自然との境界をことさら意識することなく、「大地のわななきは／僕の心のわななきになり」と街と自然が共存しているようだ。と同時に「街の／ちょっとしたかなしさや／うれしさの類《たぐい》を／風に乗せて」、自然の中に慎ましく生かされる暮らしの原点を大切にしているのだろう。その後に出てくる「ふくらみかけるベンチ／安らぎに満ちた／言葉の花粉たち……」の中の、「言葉の花粉たち」という言葉は、厳しい冬を乗り越えて「僕の魂の限りない／希望」へと広がっていく思いを象徴している。その「言葉の花粉たち」という言語感覚は、藤田氏の詩篇を読んでみると、藤田氏がなぜ次々に独創的な隠喩を自然に生み出す表現をしてしまうかの謎解きになっているようにも思われる。そのような表現行為こそが「僕の魂の限りない／希望」であることを自覚してしまい、詩を書くことが生きる上でも最重要な行為であることを見出してしまった詩篇であるだろう。

　タイトルにもなった詩「並木　クララの幻影」は、二〇二三年六月に刊行された第六詩集『億万の精霊よ』の原型になっており、その詩的精神の在りかを指し示してくれる特別な長編詩だと考えられる。「クララ」は多年草の「クララ」を思い浮かべてしまうが、「クララ」にはラテン語の語源に「光り輝く」という意味があり、藤田氏はきっと「光り輝く聖なるもの」をその語感からイメージしたのではないか。一連目と中ほどの連を引用する。

微風《そよかぜ》のクララよ／種は撒いたか／そのおまえの芽吹く土壌が／人通りの少い／高架沿いの／小石の転がる寂しい一隅であっても／嘆いてはいけぬ／（略）／若樹のクララよ／おまえの葉叢は／乳歯のように生え揃う／おまえの小枝は／あたり一面に伸び上る／永久歯の樹幹《みき》は／おまえの存在を暗く遮る／高架沿いの／高く灰色の塀壁《かべ》を跳ね上る／突き破る／大空へ一気に／突き破る

　藤田氏は「クララ」が様々な野草や樹木の「生の輝き」を促すものとして、「クララ」の存在が生きるものの中に宿っていることを感受してしまい、讃美するのだろう。「聖なるもの」である「聖霊」を指す言葉として「クララ」を詩集タイトルの『並木』に添える際に、「クララの幻影」と記すのは、藤田氏が「クララ」は目に見えないが、心では感受してしまった何か「聖なるもの」を詩作すると宣言をしているからかも知れない。

深い聖霊の聲を囁くとき……／彼は／ちょっと照れて　応えるだろう／微風《そよかぜ》のクララよ／種は撒いたか　と／そのおまえの芽吹く土壌が／人通りの少い／高架沿いの／小石の転がる寂しい一隅で

あっても／嘆いてはならぬ　と／／クララよ／その可憐な名前は／いまも／僕の魂にひそかに息づいて／永遠に生き続けようとする／あの／並木の翳りのことなのだ

藤田氏の魂は「クララ」の「深い聖霊の聲」に耳を澄ませてしまうのだろう。すると「微風《そよかぜ》のクララよ／種は撒いたか」と至るところから湧き上がってくるのかも知れない。特に「並木の翳り」からは、その陰影からその「クララ」の声が増してくるのだろう。

最後の詩「不滅の大気に」の一連目では、あたかも藤田氏の究極の願いを込めた世界観・宇宙観を四行で刻み込んだような濃密な言葉で記されている。

わが生の死して後も　わが魂よ　すこやかであれ／再生に融合された不滅の大気の中に／ときに百合花《ゆりばな》のように香り高い芯を匂わせ／胸苦しい熱風を恋人達に送り……

死して後も「我が魂」はすこやかであるためには、「再生に融合された不滅の大気の中」に新たな生を受けた「クララ」となって、「ときに　百合花のように香り高い芯を匂わせ」、「微風《そよかぜ》のクララ」ではなく、「胸苦しい熱風」を恋人たちに送りたいと、藤田氏はキューピットのような役割を課しながら物語っているようだ。

3

一九八四年に刊行された第二詩集『冬の動物園』は五つのパートに分かれ四十七篇が収録されている。一番目の「冬の動物園　I　'70・12・28　遊亀公園動物園にて」十篇は、刊行時の十数年前の二十歳頃に、きっと学生時代の冬休みの甲府に帰郷した際に訪れて着想し、その後にすぐに『冬の動物園』の詩稿を書き記していた。他の四つのパートも同様に訪問後に執筆したと聞いている。全国でも四番目の一九一九年に開園した、正式には甲府市遊亀公園附属動物園という名で地元に愛されている動物園に、藤田氏は子供の頃から、折に触れて通っていたに違いない。小タイトルの日付を見ると暮れも押し迫った十二月二十八日に行ったということは、一年の締めくくりのような思いで子供時代の憧れにも近い何かを感じさせてくれる場所として訪れていたのかも知れない。タイトルの『冬の動物園』は、きっと来訪者の少なかった冬の動物園の生きものたちをテーマにした連作を書きたいという願いを込めて付けられたのだろう。第一詩集『並木　クララの幻影』が春の光り輝く「聖霊」が中心テーマであったのだが、真冬の凍えるような動物たちに藤田氏はどうして親近感を抱いていったのだろうか。二番目の詩「赤毛猿」を引用する。

鉄檻の中で／私は揺れるのだという／鋼鉄のブランコの／あのやさしかったはしゃぎも／何処にいったのか／いまは／この無機物の性格は真青だ／鉄檻の中で／赤毛猿はねだる／観客の指を　しなう手を／しまいには／吹雪の荒れる中に／観客めの臓物をねだる世代が／やってくる

藤田氏の視線は、かつて子供時代に見た鋼鉄のブランコの「あのやさしかったはしゃぎ」を想起しながら、その期待を裏切られ、「いまは／この無機物の性格は真青だ」というブランコのよそよそしい存在感に失望を抱く。そして自分と猿とを隔てる鉄檻の冷たさが際立ってきた。それでも「赤毛猿はねだる」行為を続けていて、もっと寒い「吹雪の荒れる」ようになれば、観客である人間の臓物でさえねだってくる動物の野生の目覚めからの恐怖心を感じているかのようだ。そのような恐怖心は、ある意味で「蝶への懺悔」と同様に野生の動物をその多様性を無視して、鉄檻に閉じ込めている人間たちがいつか動物たちから反逆されてしまうという、「動物たちへの懺悔」からくる恐怖心だったのかも知れない。藤田氏のこの赤毛猿を見詰める視線は、都市という檻の中で生きる現代人の在り方を重ねながら、果たして動物園が未来において、「赤毛猿」のような状態で動物たちを存在させてもいいのかという課題を問うていると思われた。

二番目の「遺伝と反逆　'71・4・9〜'71・10・23　栗林公園動物園にて」十二篇では、一九三〇年に開園し二〇〇四年に閉園した香川県の栗林公園動物園に行ったことなどを記している。その中の二番目の詩「虎」のⅠを引用する。

虎は／かつて／巨きな密林を支配したことに／せつなくなっている／夜毎　濡れた檻床《ゆか》に坐ると／灰色の瞳を輝かせ／虎は／追憶のチューブにもぐりこむ／彼はそこで／寂しく夢見るのだ／密林の／ざわめく黄金の日々の中で／ふいに／彼の太い胸元に／スプリングのように餌食が弾む／こうしていつも／黴臭いチューブの空洞で／追憶に／じっと汗塗《まみ》れになって／虎は／ひんやりする鉄格子の奥で／茫然と朝をむかえるのだ

藤田氏はこの鉄檻に囲われたかつての密林を支配した「虎」の内面に迫っていき、「寂しく夢みる」今の虎の姿を対比させる。そんな「虎」を見世物として動物園に閉じ込めておく動物園の在り方やそれを見に来る人間たちに対して、「虎」の密林の中で生きる権利を侵害しているのではないかと、「せつない」叫びに耳を澄ませているようだ。詩のⅡでは動物園の「虎」は「痩せ細った体が／所在なくさわさわとざわめく／虎は／朝になるとげっそりするのだ」と、人間中心の都市の中に存在する動物園の在り方が動物虐待にも当たることを物語っているかのようだ。一九八四年のまだ高度成長のバブル経済の最中にあった日本社会の中で、このような生物多様性の観点で編まれたこの詩集は、今の情況においてもその意義が高く評価されていいと思われる。また私はそのような生物多様性の動物たちの中にも「聖霊」や「クララ」は宿っているのであり、その生きものたちの本来的な幸せを藤田氏は願っているようにも思えるのだ。

三番目の「冬の動物園Ⅱ　'71・12・23〜'72・8・8　遊亀公園動物園　京都市立動物園にて」六篇では、遊亀公園動物園だけでなく京都市立動物園にも通い記したほど、藤田氏は鉄檻に閉じ込められた動物たちへの関心は、そんな不遇の存在者たちへの畏敬の念にも近いものが藤田氏の中に芽生えていたようにも感じられる。詩「眠るゴリラ」を引用する。

いま／青いこぶは眠る／すでに／炎のような意志は萎え／剛毛はびしょ濡れ／軽く組み合わされた手からは／一瞬　ぷんと／静謐な／薄荷のような香気さえ／跳ね返ってくる／ああ／この獣《けだもの》のまどろみに映るもの――／すべての荒《すさ》みや呪い……／葛藤の類《たぐい》は／何処に飛び去ったのか／牢獄の奥深く／時空のつるべは空白に撓み／虚無の滑車の響だけが／いつまでもだるく／分厚い肩に軋んでいる

藤田氏は「眠るゴリラ」に対して「炎のような意志は萎え／剛毛はびしょ濡れ／軽く組み合わされた手からは／一瞬　ぷんと／静謐な／薄荷のような香気さえ／跳ね返ってくる」と、ゴリラの内面からその肉体から発せられる体臭までを感じて、その存在の在り方に対する、畏敬や尊厳の想いを書き記している。かつての野生を隠しながらもその野性を夢見る「眠るゴリラ」の存在から、若い頃の藤田氏は実は、世界の中でいかに生きるかを模索している際に、励ましを受けたのかも知れない。詩的精神が類似しているが、賢治や昭夫のように肺の病を抱えて夭逝した詩人と異なり、幸いにも病むことがなかった藤田氏は「クララの幻影」を秘めた存在者と出逢い家庭を持ち、賢治や昭夫の詩的精神を抱えながら、気負わずに淡々と生き続けて行こうとしてきたのだろう。

先に触れた二番目の「遺伝と反逆」の中にある詩「囲われし形骸――あらゆる動物達の為に」は、今まで私が論じてきたことが暗示されている藤田氏の生きものたちに寄せる詩的精神が宿っている詩だと思われる。その詩を引用する。

囲われた檻の中で／むしろ／おまえ達の瞳が／遠く／何かを見据えようとしているから／恐いのだ／絶望するのでもなく／甘受するのでもなく／憔悴するのでもなく／僕達の知らない間に／歴史に深く食い込まれていく／おまえ達の／その無言が恐いのだ／静寂に紛れて刻む／アメーバの／辛抱強い軌跡のように／やがて／安心しきって／世界は沸騰し／渦巻き／泡立ち／僕達はふいに／底の無い／暗い谷間のような所に／背後から突き落とされ／宇宙深く折り重なって／沈んでいってしまうような／気がするのだ

藤田氏は動物園に通い、多様な動物たちの「おまえ達の瞳が／遠く／何かを見据えようとしている」ことを発見してしまったのだ。そのことの「恐ろしさ」を知り、それに魅せられてこの『冬の動物園』をまとめたのだろう。藤田氏は「絶望するのでもなく／甘受するのでもなく／憔悴するのでもなく／僕達の知らない間に／歴史に深く食い込まれていく／おまえ達の／その無言が恐いのだ」と、人間が動物たちに課した過酷な定めを生きることに対する罪深さを、動物たちの「無言が怖いのだ」と二十一歳の学生時代に詩稿に書き記してしまった。このように人間が動物たちから無言で告発されていたことを詩集『冬の動物園』にまとめていたことは、とても先駆的な試みだったと考えられる。今日的に生物多様性の重要性が気付かれているが、四十年前のこの詩集は高く評価されるべきだと私は考えている。

　四番目の「冬の動物園Ⅲ　'73・11・26～'75・1・27　遊亀公園動物園　京都市立動物園にて」八篇、藤田氏は動物たちの鉄檻の中での野生の自然に反する環境に痛ましさを感じ続けている。例えば「麒麟」では「あの突き出るような食肉獣の瞳が／そこにはないのだ」。「ビーバー」では「寒天の舞台の上で／裸足で玉乗り／裸足で曲芸……」。「アシカ」では「赤黒い肉片が／死湖《プール》のほとりを流離《さすら》うのを」。

　最後の五番目の「形象詩篇　'74・8・20～'75・5・21」八篇においては、詩「再生――瓶に眠る猿の胎児に寄せて」が動物たちに対して藤田氏がその命やその存在に畏敬の念を抱きその再生の思いを表現した詩だと考えられる。また二行目の「聖霊の火柱」という表現は、後の第六詩集『億万の聖霊よ』を予感させているだろう。全行引用する。

　臍の緒は拗けて上昇するだろう／聖霊の火柱は天を焦がして／いかなる血の花が抱擁の形で花開くのか／その巨大な花弁《はなびら》は悲哀に滲み／萼は奔流を夢見て震撼し／花弁《はなびら》は渦巻き渦巻いて／氾濫……／血の大河となる／大河は浪々と吹き零れながら／天を翔け廻《めぐ》る／その苛烈な感応の炎は／水脈に喘ぎ／星くずの光疼ずく彼方／ひえびえと滴る／暗黒の精の海に／ゆったりと蛇行していく／やがて／壮大な天の磁場で／炎と闇――／双つの意志は／吠え叫ぶ洪水となって合流するとき／天に熱い憤怒の硝煙は立ち込める／母の痙攣する秘部を揺るがしながら／燃え殻のように地にもんどりう

つ命《もの》……／転げながら／素速しこく／地を駆けていく

4

第三詩集『アンリ　ルソーよ』は、「フランス素朴派」や「日曜画家」とも言われたが、ピカソにも最大級の敬意を持たれ、日本でも田村一村や岡鹿之助などに影響を与えた。そのアンリ・ルソーの絵画から触発された詩を記した五十四篇が収録されている。

冒頭の一篇「アンリ　ルソーよ」は絵画名ではないが、多くの絵画名が詩のタイトルになっており、藤田氏はルソーと深い対話をし続けている。冒頭の詩の前半部分を引用する。

アンリ　ルソーよ／僕はなつかしい君の名を憶う／洗いざらしの〝釣り人のいる風景〟を憶う／世界が一滴のしずくなら／君の風景こそ／その鏡の面を流れるだろう／僕らが無垢の闇にならないかぎり／誘われた驚異の垂れ幕は引き降ろされたまま／目くるめく光輝の渦はしみ渡ることがないだろう／君は常に／大いなる不安や苦悩の果てで待ち受ける／歓喜の旗のようだ／しずまりかえった泉のようだ／樹木の風車は蜜の石臼を回して／あらゆる葉裏が琴線のように弾ね返る／いりめぐる／大気の静寂と律動／緑の神秘の梢を音もなく揺する／望郷の小人たち／人々はシルエットを急ぐ／昼なおも星くずのまたたく舗道を／やぶ草の入江で永劫のなまずを探る釣り人

藤田氏は、アンリ・ルソーが一見すると遠近法を使わずに日常の風景を平板に描いているとも言われているが、実はその風景が奇跡的な風景であることを感受しているのだろう。藤田氏はそれを「無垢の闇」とか「歓喜の旗」とか「しずまりかえった泉」

というように次々に暗喩で記していく。そして最終連近くに「誰もゆめみなかった夢」と語っている。藤田氏も絵画を描いているが、最も敬意を抱き、その生き方を参考にしてきたのがアンリ・ルソーであったと思われる。藤田氏の五十四篇の詩は、ルソーの絵画の中に入り込んでいき、その中を散策しその時の大気の匂いを嗅ぎ、人びとの様々な暮らしを体験して、ルソーの絵画の筆遣いを感じ取っていく。それはきっと藤田氏の詩作の姿勢そのものであるのかも知れない。

　藤田氏はこの詩集のあとがきの出だしでルソーの絵画の本質を次のように洞察している。

《ルソーの絵画の特徴を一言で言えば、その構図の安定感である。彼の絵画には、すべての形体を統御する集約された一点が、絶えず存在している、その中心点は、ただそこにうがたれているのではなく、すべてを飲みこむほどの勢いで渦巻き息づいている苛烈な一点である。彼の絵にはヘソがある。そしてヘソのようにそのヘソは封印されている。そのヘソから始まる彼の絵画の求心力。その求心力のリズムに乗り、あらゆる形象もあらゆる図形も幾何も、便乗の遊戯が自在となる。遠心力との均衡するダイナミズムを競り合い、遠心の地平までも抱き込み、一点に統御された求心力は、消滅ではなく、つねに出現のスクリーンとなって現前する。彼の内部の巨大な暗黒は、スルスルとひかれる暗幕となって左右に後退し、スクリーンの背後に全き生き物として隠れるのである。》

　藤田氏がなぜアンリ・ルソーに魅せられて彼の名を冠した詩集を創り上げたかの謎解きになっている。私がルソーの絵で例えば有名な「蛇使いの女」や「サン・ニコラ河岸から見たサン=ルイ島の眺め」などを見ると、何か得体の知れない力によって心が静止して引き寄せられる瞬間を感じて、その絵のイメージが心に刻みつけられるような一度見たら忘れられない不思議な絵画的体験をする。藤田氏はそれを「彼の絵にはヘソがある」とか「遠心の地平までも抱き込み、一点に統御された求心力」というルソーの絵画の本質を語っている。その求心力の核にはいったい何があるのだろうか。このあとがきの最後で藤田氏は次のように明快に語ってくれている。

《マクロコスモスとミクロコスモス。みどりはその通路だ。ルソーの樹木は、あらゆる解釈をゆるしている。ミクロコスモスのプレート。持ち運び自由。マクロコスモスの王城。出入り自由。しかしそれらの黙諾を、ほほえみながらふかんする一点の目がある。自然という清新な大気だ。》

その他の詩篇の中から私の中で特に心に残る詩「嵐の中の船」を引用したい。

それは
母胎の航海
影絵のようにふたたび
まなざしに
開ける
石けん泡の
生誕
産声の波止場からの
出帆

父は
みどりの綱の
苦い波とうを
許すだろう

ふりしきる雨に打たれろ！

船腹に

底知れぬふちは
渦巻こうと
それは
まぶしい風光への
約束の岸辺

セレニテの帰還を
停泊を
帆はあげろ！

実際のルソーの絵画「嵐の中の船」を見ると、灰黒色の険しい山脈のような荒波が打ち寄せ、天からは灰黒色の豪雨が滝のように落下し、フランス国旗を付けた客船は風前の灯火のようにも思われるが、なぜか客船の行先は白い光が仄かに輝いており、決して沈没はしないという安定感に満ちている。藤田氏が指摘している「遠心の地平までも抱き込む求心力」はこの絵の中にも存在している。そのことを藤田氏は、「ほほえみながらふかんする一点の目がある。自然という清新な大気だ。」と語りたかったのだろう。

これらの第三詩集『アンリ　ルソーよ』の絵画に寄せた詩の中に、藤田氏は第一詩集や第二詩集の多様な生きものたちの命の再生を詩に刻む試みに通底する、「自然という清新な大気」を見出していたのだと私には考えられる。

著者略歴

藤田博（ふじた　ひろむ）

1950年　山梨県甲府市生まれ
詩誌「日本未来派」同人、詩誌「焔」同人、
詩誌「あうん」同人、風立つ高原の文芸誌「ぜぴゅろす」同人

［著書］
1980年　詩集『並木　クララの幻影』（峡南堂印刷所）
1984年　詩集『冬の動物園』（思潮社）
2006年　詩集『アンリ　ルソーよ』（三元社）
2007年　詩集『マリー』（三元社）
2010年　詩集『リラ　立原道造に寄せて』（三元社）
2023年　詩集『億万の聖霊よ』（コールサック社）
2024年　『藤田博著作集　第一巻　全詩集Ⅰ』（コールサック社）

［住所］
〒400-0835
山梨県甲府市下鍛冶屋町964

石炭袋

藤田博著作集　第一巻　全詩集 I

2024年1月28日初版発行

著　者　　　藤田博

編集・発行者　鈴木比佐雄

発行所　株式会社 コールサック社

〒173-0004　東京都板橋区板橋 2-63-4-209

電話 03-5944-3258　FAX 03-5944-3238

suzuki@coal-sack.com　http://www.coal-sack.com

郵便振替　00180-4-741802

印刷管理　（株）コールサック社　制作部

装画　藤田博　　装幀　松本菜央

落丁本・乱丁本はお取り替えいたします。

ISBN978-4-86435-549-0　C0392　￥3000E